AQUARIUS

AQUARIUS

每個人心中都有一座島嶼，

藉文字呼息而靜謐，

Island，我們心靈的岸。

我家住在
張日興隔壁

楊双子

獻給　楊若暉

推薦文——

溺水很安靜，望周知

◎陳又津

那些尋常人閃躲的故事細節，楊双子總是大大方方說出來，作為她這一生的註解。彷彿不知道這些事，就無法理解今日的她，關於妹妹的逝去、住在成功嶺下的少女時代、有如迷宮的烏日老家、父親失蹤、與母親在醫院意外重逢……後來我發現，世上大多數的人只是依循慣性，不明白自己為何做出了這決定，反倒是被別人挖掘到內心深處，偶然地照亮角落，本人反而會被自己的模樣嚇到。

但楊双子的心，是一座純真博物館。

從《撈月之人》、《花開時節》、《花開少女華麗島》到《臺灣漫遊錄》，楊双子構築了美好的少女宇宙，在那裡，富家千金歡快地大口吃飯，跳進歷史舞台展現身段，像是精心擺設的博物館展品。楊双子本人則像是這座純真博物館的長工，吃泡麵，住雜物間，為觀眾鋪設厚厚的紅色地毯。這座博物館的重點不在於身世多悲情、事件多獵奇，畢竟就像她說的，這輩子「唯獨不缺戲劇性」。那些不合理的事，在楊双子的敘述下其實超越了常識，成為一種逼近底線的疑問：「我們還能再失去什麼？」

唯有在幾乎失去一切的時刻，我們才會知道：搭火車比騎機車貴，大學夜間部不收應屆畢業生，申請學貸需要監護人簽名，全部的錢被偷了也哭不出來，面對突如其來的殘酷命運——與其追問原因，不如選擇無知。後來我去台中，她一如往常前往她們姊妹常吃的麵店，老闆熟到不用她開口，就知道她要加什麼不加什麼。那小店毫不起眼，要我再去絕對認不出來，麵的滋味我也忘了。只記得那平凡得隨處可見的馬路，每一家店、每一棵樹，蝕刻了她們大半生的記憶。短短幾百公尺，竟然像是永遠走不完的路。

如果到了這時代，還有誰說「寫作會餓死」，這人一定沒看過《我家住在張日興隔壁》。正是閱讀與寫作，讓這對雙胞胎歷經艱辛活下來。因為她們分享、她們討論，就算肚子還是餓得不得了，但我說我看到的，你說你聽到的，「讀書看漫畫都是別人的兩倍樂趣。」或許那不只是樂趣，而是她們藉由高度的同步率，反覆確認著自己存在，確認有彼此的陪伴，她們不會孤獨死去。這樣的確信也造就這本書中最珍貴的，幽默感。

〈不吃花生倒吃花生皮〉敘述國中女生與債主的決鬥，拳腳並用、泡麵齊飛，令人期待楊双子的百合小說，某天會出現這樣的動作場面。〈人盡可爸媽〉是她們兩姊妹因單親被同學霸凌，結果用成語反霸凌同學。〈肉身使用期限〉寫到她們抵禦寒流的棉被，其實是從九二一賑災物資中撿來的。〈汝讀書敢有讀閒仔冊遮爾認真〉描寫皮蛋表面的松花凝脂結晶，那根本不是普通的皮蛋了，而是把貧窮這道調味料加到極限的皮蛋。〈我要煮飯給我妹妹吃〉說著她們以閱讀忘記飢餓、含米酒緩和牙痛、在作七的時候播動畫——這些明明是不幸的事，但楊双子說得那麼夢幻、理所當然。

果然是少女啊。

在尊嚴與吃飽之間，選擇了尊嚴，但她們的尊嚴從哪裡來？面對餓死的迫切感，甚至連睡眠的空隙都被擠壓。就連別人威脅她們，火車即將迎面駛來，她們連死都不怕——因為，她們為自己設定了盡頭。但盡頭永遠猝不及防。

〈肉身使用期限〉寫到姊妹倆跟父親去山上釣魚，她滑落深潭差點死去，「當然我什麼也喊不出來。溺水的人無法講話，也不會出現什麼慌亂拍水的激動姿態。溺水很安靜，望周知。」原來在災厄降臨時，人多半是失聲的，或者就像她說過的，「不知道答案更能維持心理健康。」瀕死很安靜，飢餓很安靜，寫作，其實也很安靜。

是的，楊双子早就說過、寫過關於她的一切，我也以為我知道了。但有一回真的走進她烏日老家，還是被睡在廁所前方平台的阿公嚇到。我當下意識到：「這裡真的有阿公！」「這就是傳說中的阿公嗎？」但當時的氣氛是連我說「你好」都覺得打擾對方，只好點個頭快速通過。（但我可能還是說了，就像進旅館房間前，會敲敲門說打擾了的音量。）我說不清這究竟是驚嚇，還是一種驚喜，就像是專程去鬼屋，真的見了鬼一樣。

幸好《我家住在張日興隔壁》不是深山的水潭，雖然閱讀的時候，你可能會被自己的眼淚淹沒。安靜總是很難被聽見，但楊双子帶來了這本凝望過去的結晶，有痛、有淚、有病，但更多的是愛。妹妹走了，楊双子留下來，從深不見底的悲傷，自己用文字把自己拉起來。

溺水很安靜，現在我們終於知道了。

推薦文——

屬於你的傷口，你不能否認

◎吳曉樂

此書建議佐以Google街景服務。我個人作法臚列如下：輸入張日興商店，一秒以內會收穫二十多萬則結果。好險僅此一家，別無分店。點入相片，押著滑鼠，調整開闔度數，放大諦視，與楊双子文中的租書店、榕樹廣場，小叮噹雜貨店、阿群叔叔的麵店進行套疊。再來，找出姊妹倆就讀國小，想像姊妹倆的移動範圍。最終回歸核心，那置納一脈三代，張日興隔壁的「我家」。

說來赧然，我對楊双子的最早認識，來自二〇一七年四月《鏡週刊》的系列報導。訪者為陳又津。文句深邃真摯，收錄的相片與影片也把雙胞胎楊若慈、楊若暉，其中一人早逝的苦楚，做了不張揚、恰到好處的渲染。影片一幕我過目難忘：楊若暉在居家安寧階段，戴著製氧機面罩，要姊姊「不要放棄，妳堅持要活下去」。我依循作家姓名找來《花開時節》與《撈月之人》，讀上一段時日，感受書中「天命不酬，人事可盡」的曖曖生機。而今，報導、小說裡凝鍊折疊的思辨，走到《我家住在張日興隔壁》，終究徐徐展開。養在心底的冰山，如今上浮一、兩分。

楊双子這回要說的，是楊双子的故事。

雙胞胎活在地球上的日子僅僅差距幾分鐘，目睹景色又趨近一律，身分駕照可供流用，記憶偏好也能互通有無。雖偶遇身分認同的侵擾，但兩人相互珍視，總能化險為夷。父親某任女友交付筆記本，要兩人寄存「不能為對方道之者」於其中，兩人有了主體的初步理解，依舊擁抱過往認同：是同卵雙胞胎啊。除此之外，我認為讓兩人不願絲毫離棄的理由，包裹了另一心事：童年能夠預料與依賴的只有彼此。父母年輕，感情基礎不敷親職所需，雙胞胎童年的「重要他人」數度易位，可惜人情再怎麼延展，也有弛豫或斷裂的一瞬，尤其老家後期人事翻動劇烈，蔓生支系如參天巨樹，提供庇蔭，也形成暗影，照顧者的照應與冷熱暴力輪番上演。有時債主登門造訪，有時不須假借外力，成住壞空自生自滅。到後來，姊妹倆經濟見絀，分食一籃皮蛋與稀飯、借米酒漱牙止緩牙痛、為了確保一人食飽，謊稱自己場所已供餐，一一讀來，傷情非常。

楊双子向來專擅從地景、器物還原時代一隅的氛圍。我的部分童年於左營度過，她所寫的橡皮軟糖、魷魚片跟「烤乳豬」，是我的兒時至福；電動街機、蠶寶寶與染色老鼠，我也沒錯過。最引起共鳴的，是那些「好問」的雜貨店主事者，雜貨店本身亦有收發鄰里資訊的功能，孩童在他們眼中是特別輕取的八卦來源，此一「擾孩」特質竟沒有地區差異，細想不禁感到荒謬可笑。也看她寫鳥日一帶的百年繁榮與寂滅，物事演義，滄海桑田，誰都不願意料，這對形影不離的雙胞胎，也成了消逝逾恆的命題。曾讀梅格．潔伊所寫的《非凡韌性》，論及有些孩童從童年逆境發展出一「超能力」：讓自己從當下「缺席」，以蓄積存活下去的動力。姊妹倆及長，浸潤在「閒仔冊」，騁懷於綺想玄幻的情節，忘卻塵世憂愁，更開闢人生另一蹊徑。然而，頻繁策動超能力易得反噬，協力突破重圍的過程，兩人肉身苦痛高發，妹妹的沉重心事更是積累成惡疾。作者當下知情妹妹病苦，但不知其歸期，是以書寫有二觀點交織：因無知而堅定，因後知後覺而惘然。從醫生口中得知妹妹來日無多的場景，書中出現多次，每一次，楊双子處理的心境有別，質疑自身不察有之，專注記錄妹妹囑託叮嚀有之，壓軸則落在她重現了妹妹病末道阻且長的「返家」之路，驚人的「翻案」也於此際乍現。姊妹倆早已打定主意，他們並非無家之人，根自始繫長在從母胎裡攜出的、双子的另一半。不意臨終前，楊若暉改弦易張，表示仍想回「老家」。氧氣鋼瓶隨侍，姊妹倆複習每一屋室改朝換代的歷史，憶想童稚時如何理想與展望未來，緊追在後的幻滅又是怎地鑲嵌於眼前諸景。烏日，大肚山下成功嶺，張日興隔壁，是姊妹倆歌於斯，哭於斯的原初。我聯想到小說家珍奈．溫特森，她出身宗教情懷沉重的家庭，受訪時，溫特森稱十六歲那年愛上一個女孩，養母覺得她把靈魂賣給了魔鬼。終其一生，養母帶給溫特森的考驗與磨難永無止盡，她卻從中凝鍊出一至理：「傷口是一種象徵。原本屬於你的東西，你不能否認。拋出去的總會返回，會清算、會復仇，或許也會和解。一定會歸返。」

輯一至輯五乍看主題不同，但都是「我們」，是殊途同歸的祭妹文。楊若慈精工描繪每一景物典故，人情流變，雙胞胎如何從人生的此岸擺渡到彼岸，背後實有一楚楚用心：想讓各位明白，我的妹妹曾經活在這些，這裡，與這裡。書末收錄的少女想像，如同過往作品，楊双子再次揮舞作家權柄：如果有些人在現實裡走不下去，我就創造一個世界，許他們再次幸福。

目錄

起始點

我家住在張日興隔壁

你哪裡人？
我台中人。
台中哪裡人？
烏日人。
烏日是台中高鐵那裡嗎？
對。
我補充，我家在成功嶺山腳下。

那裡以前是什麼樣子？

說起來，那是我懂事許多年以後才想到要問的問題。

成功嶺是新兵訓練基地，年幼時我想，全台灣肯定有一半人口知道這裡。那是一九九〇年代，我讀成功嶺南面山坡的旭光國小，週休二日尚未來臨的時代。

彼時每逢星期日，成功嶺大門往山腳方向的緩坡有攤販趕集，兩側夾道無異閱兵典禮，亂中有序接近街頭運動。私家車、計程車從成功嶺山腳下的中山路往成功東路、學田路、便行巷足可塞幾公里長。有一個假日阿公攜我和妹妹到成功嶺一號門口側邊榕樹廣場，囑咐我們見人停車，便給機車後照鏡釘上停車票券。一紙票根十塊錢，我們零錢收滿口袋就走，不問後事，其實阿公比我們更早離開，悠悠在萬應公廟埕抽菸。水渾魚多，賺錢也多。

後來一切都散了。

一九九九年我讀國中最後一年，晨起趕公車，能聽見遠方傳來的精神答數和軍歌。雄壯威武，嚴肅剛直，九條好漢在一班，連女兵的聲音都有。二〇〇九年我離鄉再返，熬夜到破曉，鳥鳴貫耳，再不曾聽聞軍營高亢的聲浪。

星期日的流動攤販不見久矣（我特別愛看手扒雞在紅融融的烤箱裡轉上轉下），計程車再不堵塞我家門口窄道（他們會車之際幾度將我連人帶腳踏車擠墜河道），榕樹廣場都加蓋鐵皮充作工廠了（但至今不知道在幹什麼營生）。山坡小學在我就讀的彼時，一個年級三個班，一個班四十五人，現在一個年級能湊齊四十人就萬幸，畢業旅行搭遊覽車都不划算。

就是這時，我懂事許多年了才想到要問，那裡以前是什麼樣子？

烏日，成功嶺，我們村子，我們家。以前是什麼樣子？

「你家好像迷宮一樣。」

我誕生在暑假七月，連年錯過班級每個月的慶生會，亮粉點綴的生日卡片，以及同學整齊拍手高唱的生日快樂歌。補償心理作祟，小學中年級我與妹妹始自行規劃慶生會，邀同學到家烤肉。是好客的家風，也是血液裡的自戀，此後放學不時拉著同學回家，總要繞完透天厝一圈才罷休。

兩層樓透天厝加小院子，家中除阿嬤日日擦拭無數次而潔淨反光的地板外無其他可稱道處，最喜歡是帶人繞完家中一圈，百分之百會聽到的同一句感嘆。

家是阿嬤自己蓋起來的。早先是佔地窄小的兩層樓建築，生養她四個孩子以後買下毗鄰土地，依附而建，預留給兩個兒子娶妻生子。我爸青年離婚並放棄經營家庭麵包工廠以後，家庭工廠所在的鐵皮棚子以及其上紅焰繁茂的九重葛一夕除盡，重蓋為一座貼著白色磁磚的嶄新客廳。

阿嬤是能幹的泥水匠，亦是勤儉持家的招贅女，唯獨不通設計。家有兩個客廳、兩道大門、兩間廁所、兩條樓梯，經手建築沒有一個房間蓋成矩形，以致傢俱靠牆總是留下一方夾縫，而窗戶開得少，不點燈得摸黑登樓遊廊。走左手龍門入新客廳，可直驅腹地穿過廚房、廁所、房間、房間、廁所、房間、舊客廳，從右手虎口出我家，或者返頭上東邊樓梯橫越房間、房間下西邊樓梯回歸原點。只有神明廳安在路線之外。保庇保庇。繞一圈像深夜去天后宮上十三炷香，首次來訪的同學有些要手拉著手走路，小心翼翼如誤闖鬼屋。完畢，或驚喜或驚嚇的一句，我最喜歡的同一句感嘆，「你家好像迷宮一樣。」

家如迷宮，鄉亦如是。

阿嬤生養兒女，一家六口蝸居兩層樓建築的那時，我們已是村子裡少數的本省人家。家鄉是三和村，也叫成功眷村。及我年長，聽得一次對談有外地客人提問村莊名稱，鄉人答曰「失敗」。那是成功嶺山腳下，退伍老榮民最終落腳，許多人無婚無育老死的所在，一塊東拼西湊的眷村。

我童年時代眷村已濃濃散逸頹敗氣息，是林花謝了春紅，正退出歷史舞台。但我要到國小畢業才知道自己的籍貫不是山東，不是福建。又要到更晚更晚，我才懂得家鄉的身世。

我鄉是一座迷宮。

陸軍新兵訓練基地成功嶺位居大肚山台地，一號門看上去便是山丘地形，自正門處岔開東西兩條路，右手邊成功東路，左手邊成功西路。成功西路可爬上大肚山頂，有蓊鬱的雜樹林，有公墓如違章建築，有望高寮鬼氣森森，穿越夜霧下山頭另一邊就抵達沙鹿。未經詳盡規劃的成功眷村，落在成功東路一號門和二號門（我幼時還叫作十一號門）之間一帶。

生在眷村繁花落盡的世代如我，成功眷村的血脈命限並不重要。有如那些與她同樣身世的眷村，少年相見不相識——成功東路攔腰岔出學田路，往八號門（今三號門）方向接忠勇路，總長兩公里餘，眷村枝葉茂盛如九重葛，沿著軍營圍牆腳跟生長，直到老兵凋零，僅餘馬祖二村為人所知（知名的是它經由傳媒炒熱的別號「彩虹眷村」）——國小老師每年要學生填家庭調查一類的表格，籍貫欄我填福建，可能也填山東，像那樣漫不經心，我們都錯過自身眷村每一條肌理皺紋的變化。

關於眷村迷宮，回首我只記得成功東路以及它輻射而出的細小巷弄。阡陌交通，共構一幅藍圖。記憶如星點點，卻熠熠放光，尤其那幾間又像住家又像店鋪的屋子。

這輩子我再也不去了

孩提從未疑惑許多屋簷之下的黑涼深邃，也無一絲恐懼。陰暗幽深的屋子進出如自家，屋子的主人多半是老人，笑或不笑沉靜地看一眼你算打完招呼。我和堂表手足結伴，穿梭其間去打電動，買漫畫，逛雜貨店貨架，去吃麵吃冰，如入無人之境。我等是魔星，是野馬，可以將靜謐與陰影拆成碎片。

只有村子裡貨源最齊的雜貨店敞開兩面大門，明亮熱鬧，店主阿婆精神矍鑠，對待小兒不假辭色，有時厲聲喝止不許喧譁玩鬧，有時碎念亂開冰箱翻弄商品多缺乏家教。我不勝其煩，最討厭是小學時代她每隔一段時間就要問我和妹妹一句「恁阿母敢有來看恁？」我們無數次約定此生再不去阿婆家，連走路都要繞道！

賭咒言猶在耳，隔兩天，含著恥辱進雜貨店，買阿嬤用罄的米酒醬油雞蛋味素，爸爸的啤酒魷魚絲三五香菸，買星期一升旗典禮要檢查的手帕手紙，買只有阿婆家零售的巧克力球、橡皮軟糖和「魷魚片」、「烤乳豬」，直到下一回又恨恨發誓，這輩子我再也不去了。

沾黏不掉的不是便利性，還因血脈相連。

阿婆一家也是成功眷村裡的本省家庭。阿婆的丈夫是我阿嬤的表兄弟，家裡小孩喚作舅公，實則阿婆為妗婆。

舅公寡言緩慢，阿婆有事無事皆可留住你講半天話。他們是鮮明的對照組，連姓名都有趣味。張清泉和羅鳳雪，台灣話意象清泉與濁雪。然我是阿婆過身才知曉這對夫妻的姓名，初見輓聯茫茫然不識其人，直到視線撞上靈堂遺照。

至於舅公，很長時間我都以為他叫張日興，店招牌不寫著張日興商店嗎？竟原來只是與成功眷村命名邏輯一致，寄寓美好想望。

張日興不負其名，成功嶺諸雜貨店手執牛耳，其他店家不過所屬衛星耳。物色漫畫，到「小叮噹」（不是店名，因他家鋪貨兩架日本漫畫，有整列的薄本《小叮噹》）；買彩色筆水彩筆，到「豐裕」（名不符實，商品很少）；打電動吊娃娃，到無名鐵皮屋（商品無幾，有街機數台，店主婆婆永遠在旁打電視遊樂器）；一塊錢扭零嘴的泡泡糖巧克力扭蛋機，到建興宮斜對面（兼賣冥紙線香）；買蠶寶寶抽活物籤，到陳宜婷她家隔壁（流行過染色的小白鼠和兔子）；埋藏深巷的一、兩間小雜貨店，乃探險尋寶時的驚喜。

此外柴米油鹽、生活雜什、剉冰和燒仙草都在張日興。

它是成功嶺的沃爾瑪，方圓十里人家朝聖之地。小學同學老師問我家所在，只須回答「張日興隔壁」，不必贅言。

我等喜鑽巷弄田埂，熱衷尋覓祕密基地，一下午腳踏車能騎數公里遠，掉進溝圳也沒有澆熄野馬熱血。小學六年，踏遍前後幾個眷村，生命不乏雜貨店風景。日日要去的還是張日興，看剉冰機旋轉著方正的冰塊簌簌剉下冰粉，剉盡童年和青春期。離鄉十年再返，衛星殞落殆盡，除張日興外，再無一個可去。

然後，那裡沒有然後了

二〇一四年五月十三日越南平陽暴動新聞如浪潮般打來，濺壞灘頭多少人物。阿伯和阿群叔叔都在平陽，然台灣這端感覺浪濤遙遠，夜深去電未果，一一收線安睡。隔日晨起出門，家人捎來阿群叔叔店鋪已遭砸爛的消息。

阿群叔叔是外省第二代，與我家沒有親戚關係，卻親密非常。逢年過節阿群叔叔從越南攜妻兒來訪，如我家人同吃同住。阿群叔叔與我家是逐年越發親密，他父母過世以前並不如此。

阿群叔叔的父母開麵店，住商兩用，張日興商店走十來步距離就到。什錦麵尤其一絕，阿嬤偶爾讓我提鍋子去買，一百塊錢一大鍋。麵條嚼頭獨特，說僅僅是麵乾煮熟放涼拌油備用，口感至今卻不再重逢。辣椒自製，先曬後醃，紅油辣椒色澤鮮亮，香氣撲鼻。若我對麵食有鄉愁，那便緊繫那一碗熱辣辣的什錦湯麵。

那年阿群叔叔母親罹病，麵店收攤關門。他母親病故後幾年，父親年邁過往。阿群叔叔一身煮麵的功夫無用武之地，到來就跟眷村裡同輩人一樣，捅幾個婁子，老厝也賣人。幾年城市隻身流浪，直到混口飯吃都顯艱難。我阿伯越南久待十數年，風生水起如一方土霸，阿群叔叔終於也在平陽落腳。

他主持我阿伯名下的一間台灣麵店許多年，終究頂下來自己營生。期間他娶一個小我幾歲的越南華裔老婆，很快有一兒一女。有一年長假，他老婆阿金在我書房埋首看日本漫畫《艾瑪》，少女情懷問我這個二十世紀初英國少爺與女僕的跨階級羅曼史，應該是真的會存在的吧？阿群叔叔和阿金是老少配，如同阿群叔叔的外省中年父親迎娶本省少年母親。

我以為老少配不易衝突，卻聽說某次阿金持越南觀點主張「台灣是中國的」，阿群叔叔盛怒，飆罵一句，「幹拎娘越南也是中國的！」

平陽的新聞浪潮滔滔，我們不在灘頭，遠看水花翻騰。我沒怎麼擔心渾號越南土霸王的阿伯，倒先想到阿群叔叔，和他那間招牌上寫著中文正體字「家鄉味」的麵店。他是外省第二代，越南台裔第一代。總是在路上，一朝他鄉作故鄉。

到底大多路途都有盡頭。眷村裡，許多人落腳便再不走了。

家門右手邊是張日興，左起是一整排榮民北北的矮房子。因鄰居緣分，知道他們無人再遷徙遠走。

國小六年步行上學，時常穿過那排矮房子屋簷，見他們或在深邃無光的屋裡，或坐屋外老舊的藤椅板凳，我和妹妹喊著「北北」從第一家走到最後一家。最後一家的光頭老人會好親熱地叫我們「胎胎」，可能我們是雙胞胎的緣故。也只有他，我們不稱呼他「北北」，亦非台灣話「阿公」，而是前三聲後二聲、字正腔圓的國語「爺爺」。爺爺笑起來又溫柔又討好，有時幾天不見，在張日興見我們就問，「胎胎，有沒有叫爺爺？」

然後，國中初初曉事，少女發育的身軀裡突然擠滿各種無法排解與闡述的困惑彆扭，不樂意如此晨昏定省，我們不再經常走那條路了。與此相對地，爺爺到張日興來，見到我們總要問同樣的一句話。

離鄉復返，我某日興起沿那排屋簷從頭走了一遍。陰暗如常，消逝如常。然後，那裡沒有然後了。那排屋子加蓋改建，比昔日更幽森。

我家住在張日興隔壁

阿嬤在我國中二年級的大年初一辭世，隨後爸爸出走。我和妹妹國中畢業展開十年遷徙，返家僅一年三節，每次阿婆都像逮到獵物一樣，叨叨絮絮不管你愛聽不聽。二〇〇八年末返鄉，以節省房租讀一個毫不經濟實惠的研究所。焦頭爛額徹夜讀書的凌晨，阿婆月下隔窗喊我乳名，數不清幾次提醒我早點休息，我總是按捺住火氣沒告訴她，你不吵我我能更早睡。

舅公在我返鄉那年已經嚴重痴呆，阿婆卻一輩子健朗多話。天沒亮就開店，午夜才拉下鐵捲門，半夜有人敲門要啤酒泡麵，她也摸黑開小門販售，數十年如一日。一個年初的寒冷深夜，關店後阿婆倒在浴室突然就去了。我因研究所畢業再度離鄉未臨現場，經常忘記這件事。偶爾返家，心頭仍不覺閃現「又要聽阿婆囉嗦了」的厭煩。

可是啊迷宮彎彎繞繞，只有消逝逾恆。

這裡，那裡，以前是什麼樣子？

在還沒有成功眷村，沒有陸軍新訓基地成功嶺，那之前，是什麼樣子？

成功車站還叫作王田車站，旭光國小尚且不存，開漳聖王建興宮香火鼎盛，周邊群居以楊、陳為大姓的漳州人家。學田路上堂號穎川的巴洛克式建築聚奎居矗立鄉間，一時多少風光。

那是漳州三代祖先，百年以前，二十世紀初期，日本時代。我家位在台中州大屯郡烏日庄大字勝傦小字頂勝傦。大肚山台地視野遼闊地形起伏，軍營未至，娛樂先行，最晚在一九二五年就有高爾夫球場，日後更設置全台灣規模數一數二的大肚山競馬場。逢春秋競馬的賽事期間，或許那道緩坡也有攤販夾道，有人力車堵塞，有平頭百姓混水摸魚。

時間到，一切便又散了。

成功嶺駐紮，老兵退伍，東拼西湊一塊成功眷村，漳州人遷出。在最後一間三合院拆除的那天起，注定我這樣的孩子日後在籍貫欄上塗鴉著山東福建，而立之年才知悉家族的漳州血緣。潮起復潮落，老兵凋零，住民竟都換為泰雅臉孔，酒後在張日興以族語唱歌，又將是另一段故事的開始。

消失逾恆，又何礙呵。

後來我才知道成功眷村，知道三和村的身世。

張日興商店位在成功東路與學田路便行巷的交岔口，恰巧是道路歪歪扭扭T字形的中央接點，從此岔開迷宮的每一條路徑每一個轉角。那是我童年裡既幽暗又明亮，色彩斑斕的世界。

那是我生命原點的正中央。

你們有心電感應嗎？

我和妹妹是雙胞胎。

姊姊是若慈，妹妹是若暉。自我介紹的時候我們說，我們的名字是〈遊子吟〉的頭一個字和最後一個字。

這組名字具有雙胞胎特色，連帶感強烈。在我們童年那個流行過特異功能的九〇年代，雙胞胎之間的紐帶似乎具有神祕學色彩，新朋友知道我們是同卵雙胞胎，位列排行榜第一名的問題是：「你們有心電感應嗎？」

雖然說在生物學上同卵雙胞胎出世的百分之零點四的微小機率，實際是真的有點神奇沒錯。

——但是並沒有。

九〇年代流行的豈止特異功能，還流行日本漫畫與動畫《夢幻遊戲》。裡面亢宿與角宿是同卵雙胞胎兄弟，角宿在手腕刻字，亢宿同個部位就浮現傷痕，可以用來傳遞信息。同學看完來問，那你們也會這樣嗎？

我們實事求是：假設同卵雙胞胎一個受傷，另一個也要吃苦，那肯定生命活得不長。

——所以並不會。

啊你們就沒有什麼神奇的事情嗎？

這倒是有的。比如說，我們兩人三腳跑百米，跑得很快。我們的意思是，如果這個世界有小學生兩人三腳國際競賽，拿個國家代表權大概也沒問題那種快。可惜沒這種競賽。

也比如說，我們異口同聲說話，同個句子能說得很長，斷句以後，還能接著再說。每個字都一樣，一個字都不漏。夾在我們中央的親友，往往驚詫這根本就是肉身環繞音響。我們會嘿嘿而笑，當然，笑聲也同個模樣。

（怎麼好像恐怖故事？）

說穿了只是默契。

幼稚園到研究所，始終同校。爸媽都在家，到爸媽都不在家，我們永恆是彼此的依靠。我們共享經歷，導致混淆記憶。

我們當中有一個喜歡在洗澡前剪指甲，一個喜歡在洗澡後。

「洗澡前剪完，洗澡後指甲就軟了，不會有邊邊角角。」

「因為洗澡以後指甲軟，剪起來才輕鬆啊。」

很有道理，彼此信服。結果此後忘記誰喜歡前剪誰喜歡後剪。

同樣忘記的還有誰喜歡吃甜甜圈，喜歡炸排骨，滷豆腐，米血與魚板，是喜歡紅茶還是綠茶，以及那件事或這件事是發生在誰身上。我們的浮世記憶雲端共享，反正又沒有損失。

也比如說話。

我們講雙胞胎語。

默契太足，省字略音也聽懂語意，於是語速飛快、腔調黏糊，講著我們彼此才懂的成語成句。一個語音才落，一個語音又起，不搶拍也不落拍，童年時代試著錄音起來重播再聽，像是從頭到尾一個人自言自語，連我們自己都分辨不出誰是誰。

同樣地，爸媽家人隔著話筒分不清，不隔著話筒，有時也一團迷障。客廳裡我們邊看電視邊討論劇情，講了小半天，爸從後面沙發那邊出聲：「你們講話，怎麼我都聽不懂？」

也有高職宿舍的隔間浴室洗澡，我們隔空對話，同樣不搶拍不落拍，此起彼落，兩個澡間穩定播放同一個聲音語調的雙人相聲，洗完澡打開兩道門走出來，一個不認識的學姊等在外面，看清我們以後拍胸說：「我還以為有鬼。」

●

雙胞胎先天就適合裝神弄鬼。

國中同校不同班，有段時間騎腳踏車通勤上學，放學時按班級進車棚牽車出校園，我們一班前一班後，如此幾天，某天導護老師大動作攔住我們當中的一個：「你不是剛剛才走出去，怎麼又從車棚走出來？」按照老師驚疑的模樣，如果沒說我們是雙胞胎，大概當晚她睡不著覺。

那時還試過彼此換教室上課。

我們當中的一個上英文，一個上家政。上英文課的遭點名上了講台寫板書，寫完被老師叫住說g的小寫不要勾起成草書，捏一把冷汗再下台，老師渾然未覺學生調包。上家政課的那個看了一整節電視，鄰座同學問起「怎麼是你」，也就輕鬆地回答一句：「對啊是我。」兩個班級的同學，都是歡樂的同夥。

我們確實是死忠搭檔，好事同善，壞事共犯。兩個人好做事，做壞事也不怕挨罵。

自幼不愛女孩子輕飄飄的百褶裙，上半學年入冬換一件深色的冬季褲裝，下個學期再換季，同班小女孩們裙襬飛揚，唯有我們姊妹堅持長褲橫行，直到學校再三叮嚀警告，我們不得不服從為止。那一年，我們小學一年級。

也有成年以後的事情。

騎車雙載半途遭攔臨檢，騎車的那個發現忘記帶駕照，後座的那個翻出皮夾，一個人的駕照兩個人通用。何況換個走位，兩分鐘以後警察已經不記得原本騎車的是哪一個。

甚至曾經對機場的自動通關系統心懷鬼胎。畢竟在一票同卵雙胞胎當中，我們也屬於極為相似的一對。機場自動通關掃描眼睛間距與臉型輪廓，說不定我們拿彼此的護照也可以通關呢？——不過最後沒敢實踐，唯恐被押去小房間問話，只得讓鬼胎死在腹中。

雙胞胎後天倒也擅長破除假鬼假怪。

那是詐騙電話彼端還都是台灣人的千禧年時代。我們當中的一個正在洗澡，手機陣陣作響，另一個順手代替接起。對方表示要找手機的主人，接電話的那個回答：「有事跟我講也一樣，你是哪位？」

對方理直氣壯曰：「你不認識我啦，我是她高中同學。」

此時接電話的那個自然更加力拔山河氣蓋世曰：「我們高中三年都同班！」

●

「你們有心電感應嗎？」

排行榜第一名的問題之後，也有輪番上榜的幾個問題。

童年時代收穫最多令人白眼可以翻到抽筋的問題。

「你們誰比較漂亮？」

一樣漂亮。

「你們誰比較聰明？」

一樣聰明。

「你們會喜歡上同一個人嗎？」

拜託不要。

「你們將來要不要跟雙胞胎兄弟結婚？」

試答下題：一對同卵雙胞胎姊妹跟一對同卵雙胞胎兄弟剛好互相分配好對象看對眼，又剛好都在交往之後感到彼此是合適的生活伴侶，並且最終決定結婚的機率為何？

（這麼低的機率如果成真，莫非這是奇幻小說！）

說到機率啊。同卵雙胞胎其中一人罹患癌症，另一人罹癌的機率是百分之五十。其中一人是同性戀，另一人是同性戀的機率是百分之七十五。機率未免太好玩。多年以後，我們才發現我們是同性戀。

早知道了的話就可以追問：那麼加入一對同卵雙胞胎姊妹和一對同卵雙胞胎兄弟都剛好是異性戀的變因，機率又為何？

●

我們是機率底下的奇蹟，總跟神祕玄機沾上關係。

離家工作之後，偶爾返回老家的日子，親人們的怡情簽賭喜歡下注雙重數。11、22、33、44，想像雙胞胎能夠召喚成對的數字。

沒有印象我們召喚多少賭金進親人口袋，雙胞胎卻彷彿能夠召喚雙胞胎。我們就讀的國中一個年級十三個班，同年級裡就有四對同卵雙胞胎。雙胞胎誕生的百分之零點四微小機率如果屬實，這是何等的地靈人傑風水寶地呀。

只是實話說，同卵雙胞胎不全然是奇蹟，還攸關遺傳基因。

外婆也是同卵雙胞胎。

外婆跟她的雙胞胎姊妹無緣。生在大家庭，外婆幼年就送人做養女，外婆的姊妹卻依然做家裡的小千金。雙胞胎命運截然相反，外婆怨憎日久深刻入骨，晚年中風再失智，每當見面都要傾訴一遍她也想過她姊妹的好日子。

始知同卵雙胞胎不全是奇蹟，感情彌堅才是奇蹟。

國中學校同年級的四對雙胞胎，我們以外那三對的手足情誼看起來相當一般。「一般」已經是好事。一個家庭同胞手足間所有可能發生的可怕故事，在年幼的雙胞胎之間都可能放大無數倍。先天相貌智商稟賦雷同，世間所有可供比較的題目，全部主動送上門來。誰比較好看？誰比較用功？比較受歡迎？先天基因到後天環境幾乎沒有差別，孰優孰劣赤裸呈現，無從迴避。

正在建立個人獨特性的青春期，雙胞胎手足就是另一人自我認同的危機來源。童年穿相同的衣服，成對的鞋子，以及父母寄予一致的未來期盼，於是少年少女雙胞胎們到了青春期連頭髮旁分都要不同邊，抵達能夠自主的年紀就走了南轅北轍的人生道路。

在每個試圖活出自我的同卵雙胞胎裡面，我們是機率底下的奇蹟。

我們是我們。

小學時代寫的週記作業，敘事人稱多是「我們」。

「今天星期天，我們騎腳踏車去學田村，不小心又跌進潘淑雯家前面那一條水溝。」

「爸爸說要帶我們出去玩，但是又被爸爸放鴿子了。」

「爸爸這次的女朋友對我們很好。」

爸爸那一任女朋友對我們真的很好。六年級畢業前夕，爸的那位女友送我們一人一本硬殼盒裝的日記本。你們要有只屬於自己的祕密，那女友說，那些不告訴雙胞胎姊妹的事情，可以寫在這個日記本裡面。

我們懵懂卻領會，就像我們沒有心電感應，不是亢宿與角宿，不會這一個人受傷那一個人流血。總有一天，我們不會永遠是「我們」。

青春期以後，我們終究調整了週記的敘事人稱。

但我們還是雙胞胎。

姊姊是若慈，妹妹是若暉。自我介紹的時候我們說，我們的名字是〈遊子吟〉的頭一個字和最後一個字。慈母手中線的慈，報得三春暉的暉。偶爾有人回應說這名字裡頭有家學底蘊，或者問涵義是不是希望我們孝順。誰知道呢？

我們喜歡這個名字。慈與暉是一個明確的組合，雖則缺點總有一二。比如「慈」字難寫，幼時學寫字總把這個字寫成三截，而「暉」字少用，自幼稚園時代起就有老師誤植為「輝」字，搞得不時要特別強調，不是光輝的輝，是一個日加一個軍的暉，著實拗口。也比如幼時同儕性喜給人取些難聽綽號，我們名字剛好還能形成順口溜：「若慈若暉，湯匙搗灰。」綽號惱人，但搗灰即豆花（tāu-hue），跟湯匙（thng-sî-á）搭配，還依然是完整的一個組合。

我們去問這名字誰取的。有一說是我們的媽。也有一說，我們的媽哪來這種才調。家族人多的缺點，就是家族裡的真相永遠不會只有一個。倒是因此收穫一件往事，阿嬤原本想給我們號名楊招財與楊進寶。

我們試想了一下某個平行時空的我們，自我介紹時會這麼說：「我們是雙胞胎。姊姊是招財，妹妹是進寶。我們的名字合在一起就是招財進寶。」

（萬幸阿嬤沒有成功。）

那個時空的招財進寶，會過著什麼樣的人生呢？

楊招財想必在成年後就會立刻改名吧，畢竟她的少女時代肯定飽受嘲笑；楊進寶倒好多了，暱稱多半是小寶大寶寶寶包，剛柔並濟，可愛相隨。

招財進寶肯定不會是感情彌篤的「我們」。

要是阿嬤活著，我們會告訴她，這種命名根本就是意圖使雙胞胎感情破裂。可惜這件往事是在阿嬤過世很久以後，成年的我們從家人口中聽說的。同時聽說了那當下是產婦力抗，最終奪回嬰兒的命名權。

不過，那樣的我們媽，會喜歡〈遊子吟〉，竟然給號了這個又慈母又春暉的名字？

我們跟媽不熟，去問最有可信度的小姑姑。倘若取名的不是我媽，到底我們家裡是誰有讀書，取了個這麼文雅的名字。是族譜排輩有人指點？又或者是巷子裡那個讀書讀到被掠去關的表舅公？

小姑姑一臉莫名其妙。

「你們的名字是叫算命的算筆畫取的呀。」

楊若慈與楊若暉，筆畫相同，都是十三、八、十三。工整如斯，當然是算命所得。這謎底太令我們震驚了，不由得一陣興嘆，就算我們沒有心電感應，不是亢宿與角宿，實在沒有真正的什麼神祕玄機，但也不必是這麼無趣的發展吧！我們失望，有如天真的孩子第一次聽說世間並不存在聖誕老人。

只是啊，又要到很久以後，我們想一想同意了。生平無數匱乏，此世唯獨不缺戲劇性，以算命號名的這種平凡事件，乃是應該珍惜的人生開端。

第四屆台中文學獎散文類首獎

〈我家住在張日興隔壁〉得獎感言

張日興是我與妹妹若暉生命原點的正中央。

消逝逾恆，我早早知曉，以為看淡，直到妹妹也成為生命過客的一員，將我整個擊碎。頭號粉絲兼責任編輯再不能跟我分享喜悅，得知獲獎的深夜我嚎啕大哭，再三呼喊她的名字，願她看見。

謝謝台中文學獎評審委員，謝謝台中，謝謝家鄉，家人。

首獎獻給若暉。

二〇一五年八月十四日

輯一

我們

人盡可爸媽

日本漫畫《Keroro軍曹》裡面有個宇宙人「摩亞大人」，為了學習地球語言，口頭禪是搭配四字成語而出現的「這就是所謂的『○○○○』嗎？」。動畫改編後在台灣配音上映，即使是成年的我們，也立刻跟摩亞大人產生強烈共鳴。

啊，這就是所謂的惺惺相惜嗎？

童年的我們，很想要一部《成語典》。

要說原因，大概是直覺擅長使用成語，等於很有文學造詣吧。雖然懷抱這種念頭的那當下，肯定連造詣的詣這個字怎麼發音都不知道，遑論對文學的認識。原因其實不重要，頭腦簡單性格執拗，我們沒有《成語典》，只能搜羅日常生活所能習得的成語。

像是晚上九點熄燈時間，我們在漆黑房間裡闔眼卻聽見客廳傳來熱鬧聲響，悄悄開門踮腳下樓，看見爸爸與朋友們吃喝消夜，桌上三五個撕開的紙包全是鹽酥雞和魷魚腳，張日興的啤酒提籃六個洞插著的玻璃瓶一概見底。啤酒就算了，吃不到的鹽酥雞實在令人滿腹委屈。我們回房間重新躺下，互相商榷對那群人的描述：這就是所謂的「酒肉朋友」嗎？

或比如爸爸家裡家外的聚餐頻繁，聚餐必喝酒，喝酒必划拳，消夜時段尚須顧慮聲量，正餐何懼喧譁，更別說輸人不輸陣，江湖在走氣勢要有。爸划一種數字拳，嘴裡喊數「五、十、十五、二十」，手指要跟上比劃的那種，迭句如歌而殺聲震天，手勢強勁且行雲流水。我們沒看懂過這拳要怎麼划，因為速度太快，又實在太吵。爸贏多輸少，有時贏太多還幫輸家喝酒。回去我們再議那酒氣濃烈、言語無味的餐桌眾生，就是所謂的「豬朋狗友」嗎？或者這就是所謂的「狐群狗黨」？

同樣認真討論過，「一丘之貉」的貉是讀「河」還是「洛」。而貉是什麼動物？「狼狽為奸」的狽又是什麼？

但我們微感苦惱，想要學點跟朋友無關的成語，怎麼這麼難？

中年級以後，不知道怎麼獲得了簡單版本的成語辭典。攤開目錄一句一句讀過去，最喜歡非四字的成語，視之為成語的升級版。

「金玉其外，敗絮其中」——嗯，可以用在描述外表好看而實際草包的人。

「貪心不足蛇吞象」——很好，說的像是賭癮，無法收手。

「心有餘而力不足」——我們點頭不止，原來爸對我們各種各樣無法達成的允諾，就是這個狀態的體現。真是叫人「心有戚戚焉」。

問世間成語為何物，為何處處對應我們爸？

媽跟爸離婚後，每年偷偷到學校見我們一、兩次。約莫是高年級起始，認為我們聽得懂了，連番告誡同樣的事情：「你們啊，要『出淤泥而不染』。」雖則，這個成語對小孩子來說是有點太難了。上國中讀到〈愛蓮說〉，課本詳細說明「出淤泥而不染」的涵義，我們才比較領略媽對我們的寄望。

但是媽呀，對小孩子來說，實踐這件事是太困難了的啊。

也有跟同學產生關聯性的成語。

並不是什麼「兩肋插刀」、「臭味相投」、「四海之內皆兄弟」這種。

小學時參與球類運動的校隊，國中入學未久，分到隔壁班的往日隊友糾眾把我們堵在走廊。來意當然不善，但是我們不明白什麼地方什麼時間點得罪過老隊友。

理性且虛心請教之。

老隊友叫囂曰：「你們少在那邊『自命清高』。」

我們震驚無比：「你居然會這麼難的成語！」

老隊友竟然惱羞怒走，不是飽以老拳，可見做人誠實是必須的。遺憾我們沒趕上去補充一句，欸老姊妹啊，我們是真的還沒學到這句成語啊！

另有真正用功學習，能夠進一步研討成語的時候。

是在兒童美語補習班。情竇初開的高年級少年少女齊聚，共同邁入初階青春期。

我們還是熱愛褲裝的中性屁孩，把男生當哥兒們，以拳腳招呼代替晨昏問候，玩得興起把哥們壓在地上痛扁或者被痛扁。一次跟同班哥們Bryan空手道交流完畢，冷氣教室裡的Tina牽著Anna對我怒目而視，點解？Anna含淚扁嘴，由Tina代言：「你不要跟Bryan玩啦，他是有夫之婦！」

「有夫之婦」我知道，典故出自「使君自有婦，羅敷自有夫」嘛。

我以拳拳之心為其釋疑：「Bryan是男生，嚴格說起來，要叫有婦之夫！」

Anna當場哭跑，令我錯愕。明明我就沒說錯呀？

但其實我是錯了。

且先不論Bryan始終沒跟Anna交往，甚至小學畢業典禮過後Bryan居然對我告白，說到底大家年屆十二，全是限制行為能力人，沒有結婚的資格！

成語難，邏輯更難，難於上青天。

使君有婦，羅敷有夫，後來多學了一句，人盡可夫。

「人盡可夫」從字面意義不好解，直譯是任何人都可以做丈夫，大白話是責難女人沒有節操，可以跟任何男人上床，引申罵人是妓女。查辭典，反義詞是「守身如玉」。

女人的價值直接同捆她的肉體歸屬，何等政治不正確的成語。

我們義務教育的那個年代，父母離婚仍然罕見。人盡可夫罵的是我們的媽。罵媽媽等於罵女兒，一石二鳥。實際也能罵我們。我將真心向明月，奈何明月照溝渠。我說的是哥們，哥們就哥們，我們沒打算跟哥們乘上「友達以上戀人未滿」的時代浪潮，怎麼忽然間哥們芳心暗許了，挨罵的卻是我們？

破麻、公車、北港香爐一類，之於國中生比較琅琅上口，但不知為何卻對著我們或者拐著彎說我們媽是「人盡可夫」，我們推測罵人的同學，也正在學成語！

然而有如老隊友罵我們自命清高那時，這個成語太難，我們失之反應，否則當下應該如同身在補習班，要義正辭嚴諄諄教誨：「現場並沒有『人盡可夫』的當事人，最多只有『人盡可爸媽』。」

人盡可爸媽，何解？

直譯：任何人都可以當我們的爸和我們的媽。

歸根結柢，我們是想反駁「人盡可夫」。

媽離婚後再婚，堂堂正正。爸離婚後每兩、三年換一個女友，活活潑潑（學校作業簿封底教會我們的：「做個活活潑潑的好學生，當個堂堂正正的中國人」）。按道理說，按數學說，按國語說，按生活與倫理說，都輪不到說我們媽人盡可夫，反而理當說是我們爸人盡可妻。年紀小不懂性別的「賺賠邏輯」，但終究感到哪裡怪怪。算了吧，算我們人盡可爸媽。

也是實情。

阿嬤阿公生養二子二女，按齒序是阿伯、大姑姑、我們爸、小姑姑。透天厝兩棟相連，一邊是阿伯阿姆堂哥堂妹，一邊是爸與我們（通常也及爸的各任女友），相連的中央二樓那個房間，留給大姑姑再婚再育的一家四口。直到堂哥小學畢業，長子長孫出鄉關，家長逐學區而居。阿伯與大姑姑舉家搬遷，落腳潭子的電梯華廈，兄妹兩家子住在同一層樓的兩戶單位。儘管如此，連同小姑姑一家四口假日造訪，週末的老家總還是大家族氣象。

三代同堂的老透天厝，完美演繹社群主義的典型生態。男性長輩都是爸，女性長輩都是媽。

媽不必說。早在學齡以前就空出來的家庭角色，像是球場上的守備位置總要有人補位，或者有如公務單位人事調度，一個蘿蔔一個坑。阿嬤分身有術，權充職務代理人；阿姆、大姑姑、小姑姑輪番上陣，算是Part-time兼職；爸的歷任女友無縫接軌，屬於約聘僱人員。

Part-time故事多，只講約聘僱。

爸離婚後的第一任女友，起先我們叫她雙雙阿姨。那時我們小學一年級，社區公園裡玩耍休憩的片刻她問，「你們想不想要一個媽媽？」

那之後，我們都喊她作媽媽。她也真扛起當一個媽的家庭功能。一年級課程學習算術加減，她已經拿著衣架子抽考我們背九九乘法。月考成績沒滿分，不忘以鐵砂掌讓我們體悟複驗考卷的重要性。洗澡太久唯恐玩水感冒，她進浴室就地取材，就是橡膠水管加身，赤條條肉身上鞭數十，以後長點記性。媽媽都是對的。放學沒立刻寫完功課，吃飯超過一個小時，不準時安靜午睡就寢，媽媽的法槌或許會遲到，但總是會降臨。

也又學到一個成語，「天下無不是的父母」。爸媽都是為你好。

然而這種媽叫人吃不消。無數次放學後我們逗留路途，沿途趴地尋找暱稱幸運草的四瓣酢漿草。聽說幸運草可以實現願望，我們祈禱回到家不再看見這個媽。

未曾尋得幸運草，但是升上中年級，爸的第一任和第二任交接了棒次。我們不叫媽了，叫阿芬阿姨。以為記取教訓，後來發現叫媽媽或者叫阿姨沒差別，阿芬阿姨同樣扛起母職。我們寫字太醜，整頁擦掉重寫。我們塗鴉畫漫畫，她把圖紙一一撕毀。我們做錯事，得罰跪或挨打直到流淚自陳下次再也不犯錯了。人生好難，媽媽這種玩意，原來怎麼換都差不多。

升上高年級，第二任退場。爸的新任女友小爸十一歲，大我們十一歲，不再同居老家，隔三差五留宿過夜，她不必肩負撫育母職，偶爾開車載我們兜風外食，對等如朋友。這位第三任我們稱呼娃娃阿姨，她糾正我們，要叫娃娃姊。這樣反倒好相處，我們人盡可媽，自認閱歷豐富，判斷娃娃阿姨是真正適合當我們媽的，於是問她會跟爸結婚嗎？她說不會。

那怎麼要跟我們爸在一起呢？我們問。

她笑起來說，「因為他是會令女人興起征服欲的男人。」

我們驚呆了，生平首次理解男人和女人之間的關係，並不只是家庭裡的爸爸和媽媽。

——這就是所謂的「乾柴烈火」嗎？

至於爸這種角色，嗯，不好說。

儘管沒有發揮父職功能，到底隔著一個親爸，何況男性長輩確實不好越殂代庖。媽對她的再婚家庭諱莫如深。我們成年以後，破天荒邀請我們到她再組的家庭。媽介紹她的再婚丈夫，建議倘若不好意思叫「爸」，可以叫「老爸」。我們沒有猶豫，毫無凝滯，既然人盡可媽，何妨人盡可爸，馬上叫聲老爸換來一個餐桌和樂融融。媽與老爸婚生一個弟弟、一個妹妹。老爸另攜一個前妻生的女兒，年齡略長我們一點，大丈夫，沒問題，我們也人盡可兄弟姊妹。

春秋戰國時代有個故事說，楚王遺失了他的弓，認為撿去的也是楚人，那就不必尋找了。孔子聽聞此事，評價說一個人遺失弓，另一個人獲得，何必拘泥是不是楚國呢。所以說，爸爸媽媽兄弟姊妹，有血緣或者沒血緣，何必拘泥是不是我們天生的呢，這就是所謂的「楚弓楚得」。

爸與老爸之外，我們還有多桑（とうさん）。

多桑是大姑姑再婚的丈夫。他比大姑姑年輕，現身在小學生的我們面前時，還是個鑠奅（siak-phānn）的年輕男人，樂呵呵讓每個孩子不分輩分都叫他「阿明哥」。大姑姑前次婚姻誕下的兒子是小我們兩歲的表弟，連同跟阿明哥生下小我們九歲的小表妹，一家四口短暫遷入三代同堂的老透天厝，再遷去潭子公寓。這段故事太長，中略，幾年後我們老家連同潭子公寓一概分崩離析，大姑姑身陷外地，表弟回了他生父家，小表妹回阿明哥鹿港老家，反是阿明哥在我們老家住下來。

那時連我們都不住老家了。嬤已逝爸也走，我們赴台中市區讀了許多年的夜校，由得阿公與阿明哥苦守寒窯。直到我們大學畢業，大姑姑、表弟、小表妹先後遷回，以及我們加入返鄉行列的隊伍尾巴。阿明哥依然講究時髦，注重吃穿。我們需要正式衣著的場合，多半靠他指點穿搭；假日晏起嘴饞彰化市區的阿泉焢肉飯，他二話不說開車載一家子出門。老屋子裡論輩排序是阿公、大姑姑、阿明哥、我們與表弟表妹，唯一的壯年男子在世人眼中該當是一家之主，恐怕阿明哥本人也這樣自我檢視，但因無業而跟阿公一樣長年繭居，不意長出贅婿情結，喝醉必稱：「我後世人都被綁在這，走不出成功東路！」

有個深夜，阿明哥醉後到我們床邊涕淚俱下。「恁老杯給你們放揀，沒有照顧你們，沒關心你們吃穿，他這麼壞，你們都還叫他老杯，世間怎麼有這種道理？」我們滿頭毛線，烏鴉飛過，說老杯就是老杯，再壞也還是要叫他老杯啊。那一晚上男人對男人的舊帳回顧，總算在天亮前講到重點：「我對你們這麼好，煮飯給你們吃，擔心你們身體健康，你們都叫那個人老杯，為什麼我還是阿明哥？」

我們愣在當場。時年我們業已二十好幾，聞弦歌而知雅意，他當然不是希望我們規規矩矩改口稱呼大姑丈，自也不是中華民國民法親屬關係親等表上的三親等旁系血親之配偶。但「爸」和「老爸」都有了，難道要叫爹？

幸好我們學日文，從此叫他「多桑」。

「人盡可夫」的反義詞是「守身如玉」。

「人盡可爸媽」的反義詞我們不知道，不過近義詞，應該是「人在屋簷下，不得不低頭」吧。

我們提前且迅速地社會化，在試錯與失誤裡習得角色應有的得體表現。功課要寫，成績要好，說話要甜，挨揍要哭，但打架照打，遊戲照玩，球場上照樣爭輸贏。接聽家裡電話，要第一時間辨識來電者並且喊出稱謂。訪客餐敘，跟著爸爸敬酒。家中小賭，自主學習洗牌發牌，十點半撿紅點大老二規則不可不知。爸的女友選擇母親節家宴賓客滿席那天在我們臥房裡自殺未遂，事後也跟所有大人一樣泰然處之。吸毒的兩個表叔拿菜刀和椅凳兄弟相殺，切莫驚慌以免生鼓勵之效，要淡定叫他們滾遠一點不要妨礙我們打電動。

嗯，這肯定就是所謂的懂得「察言觀色」了吧。

要到成年許久許久以後，才明白年少時的察言觀色不夠通透。

我們爸是個謎團。他離家出走的緣由不明，我們感嘆他是風一樣的男子。對，就是陳曉東唱的〈風一樣的男子〉——「也許我是將風溶解在血中的男子／也許我是天生崇拜追逐／當你將疑慮裝得若無其事／請原諒我／像風一樣的男子」（更多更詳盡歌詞在※ Mojim.com 魔鏡歌詞網）——這首歌一九九九年發行，跟他的匿蹤在同一年。女兒從流行情歌探索父親的心境，至今未曾聽聞雷同案例。當時國三，班級裡陳曉東的迷妹同學自稱「東嫂」，真想告訴她，風一樣的男子不可靠，還是別想不開吧！

我們爸豈止陳曉東，根本動力火車。讓我們紅塵作伴，活得瀟瀟灑灑，轟轟烈烈，把握青春年華。瓊瑤的《還珠格格》正熱播再重播，片頭曲有蕩氣回腸的「啊～啊～啊～啊～」，爾康和紫薇戲劇性地抱著彼此轉圈圈。其時我們實歲十四，爸年僅三十六、七。小燕子問乾隆皇，你還記得大明湖畔的夏雨荷嗎？想來我們爸的情纏糾葛未必不及乾隆皇。賭博喝酒快意恩仇，男人個個跟他結拜，女人對他愛恨交加。他婚前交往的某任女友，幾度年節來訪，毫無芥蒂應要求下廚炸年糕。我們媽卻跟爸誓不兩立，離婚後堅持二十幾年不曾謀面。

放在九〇年代的言情小說，我們爸的人物設定活脫脫一個集團總裁。不過，實際他只是一介做工的人。

做工的人孵夢，夢可以頂天高。

爸對我們說他有一綽號，「左手打死一條牛」。爸是右撇子，那右手幹麼了？爸說：「右手打死一條龍！」年幼的我們沒有傻眼噴飯，而是擊節讚嘆。爸肖牛，大名有個龍字，跟這綽號是完整的一對。長大了想，我們爸放在現今的說法就是個中二病，是全世界圍繞著他旋轉的輕小說男主角。

但凡輕小說男主角，都有強烈的人格魅力。

爸的兩任女友執掌體罰，他本人卻一次都不曾對我們提高聲量。儘管應允的事情幾乎都不會實現，但從來不吝明確表達父親之愛。他不適合為人丈夫與父親，作為人生玩伴則十足稱職。保齡球館風行，他教我們保齡球，也及球館內的摩托車機台。他也教下象棋，打撞球，教我們書法與國畫。他打高爾夫球，教我們揮桿，付錢讓我們進場，也放任我們走一洞就叫苦折返回去餐廳喝果汁。偶爾他消失十天半個月，然後攜回他去泰國、關島什麼地方買的女孩童裝跟我們獻寶。他可以鑽木取火，可以進山打獵，可以海上長泳，做工以前是麵包師傅，西裝上身是工廠廠長，還多識於鳥獸草木之名。如果只能帶一個人進行野外求生，絕對要帶我們爸。

但玩伴不是監護人。我們學四輪溜冰鞋，他載我們上大肚山盡情滑下坡，差點沒摔進急診室。女孩子出社會要小心壞人，於是鍛鍊我們酒量，讓我在五年級就因為五八高粱酒而宿醉請假。讓我們抽菸，認定知曉滋味便能避免將來遭同儕引誘。讓我們賭博，了解上癮是怎麼回事。

（《兒童及少年福利與權益保障法》表示……）

其實我們爸也不知道怎麼樣當一個爸。

成年以後又逾十八年，我跟當年離家出走的爸同樣年紀了。除夕夜我們站在老家二樓陽台祭祖燒紙，爸指著陽台那個可以攀到屋頂的狹窄鐵梯說，年輕時代他有段日子經常爬上去躺屋頂。我很驚訝。他離家以後，我們也常上那屋頂，躺著看星星。年少的我們憂心未來生計，年輕的他又是為何？

爸說，跟你們媽離婚以後，經常在屋頂上喝醉了躺著看天空，心裡很多煩惱。

煩惱什麼？

「煩惱不知道怎麼帶你們兩個女兒啊！」

這該從哪裡吐槽起才好呢？還想著是不是該跟爸遲來地普及一下《兒童及少年福利與權益保障法》，但燒完紙錢後我忽然一個福至心靈，心竅剔透，醍醐灌頂，虎軀一震——所以我們爸的前幾任女友，本質上是交來當孩子保母，做我們約聘僱的媽？我的媽呀，我們的爸果然是輕小說男主角，渣男後宮王，言情小說的冷酷邪佞男。

眼前年逾半百的爸，依然皮膚黝黑體格挺拔，頭髮濃密僅兩鬢染白，說話而臉龐浮現明顯笑紋皺褶，活脫脫一個爽朗忠厚老帥哥的模樣。

這，這就是所謂的「知人知面不知心」嗎？

——事到如今，我已經不想在爸爸身上認識成語了啊！

雙胞胎遊戲祕笈

我的手機遊戲APP控制在三個以內。

不是不愛，正好相反。但凡玩遊戲，不破關就難受，不高分就彆扭，蒐集癖發作起來有如強迫症，一個都不能少。唯恐沉迷遊戲，任天堂Switch遊戲《集合啦！動物森友會》風靡四方的時候，我超前部署，落荒而逃。

但我和若暉確實以遊戲為樂。

網路遊戲Candy Crush流行的那個時候，我們也沉迷。關卡難度逐步提升，我們彷彿下棋局，兩個人在螢幕前抱著雙臂苦思下一動，直到解開關卡。Candy Crush沒有真正的終點，我們接連破關，結果是不止一次看見系統顯示關卡已到盡頭，請耐心等候新關卡。

若暉堅持不辦智慧型手機，熱衷Candy Crush的那段日子，我們面對的都是電腦螢幕。

對我們來說，手機螢幕是太小了。此前我們沉迷的，多半都是主機遊戲。主機遊戲這說詞太冷僻，以前都說是電視遊樂器。玩遊戲，則說打電動。

任天堂紅白機流行整個一九八〇年代，進入一九九〇年代前夕，任天堂發行了Game Boy掌上型遊戲機，紅白機依然長驅各家各戶。網路尚未降臨，電動主宰兒少世界，同齡世代的朋友們即使不曾擁有紅白機，至少也耳聞鼎鼎大名。

紅白機是入門。在那之後，我們偏愛的遊戲主機是SEGA Saturn。SEGA Saturn有個幾乎同時期問世的對手Play Station，今日回望一九九〇年代，已經很清楚它們的勝負。簡稱SS的SEGA Saturn連二代都沒有，簡稱PS的，卻在二〇二〇年推出PS5了。

一九九〇年代的我們並不知道站隊站錯了邊，但站錯隊伍又何妨。那時熱鬧無匹的第一廣場，電動玩具店裡十三歲的我們以積存的全副身家買下SEGA Saturn。站在光碟片架前，埋首再三細讀那訊息有限的包裝正反面，渾然未覺那是盜版光碟，兀自亢奮得眼冒金星（雖然Saturn是土星）。回想起來，那是一整個宇宙都還星光燦爛的日子。

阿嬤生病以前，我們打電動還節制。阿嬤病後拒絕治療，每天繭居她無光的房間，我們也在自己的房間對著發亮的電視螢幕，熄燈靜音打通宵的電動。亢奮消退徹底，我們追求的是旋起旋滅的多巴胺。阿嬤停靈在家的整個寒假，SEGA Saturn為我們日夜操勞，直到某一個深夜裡爆出小小火花，從此宣告罷工。距離我們在第一廣場買下它，只是一年的時光。

●

許多年以後，我們重新購入了一台SEGA Saturn。這台遊戲主機早已停產，是拍賣網站裡淘寶所得，我們珍若老友，寶如舊愛。我們玩的遊戲片還是老遊戲片《吞食天地II：赤壁之戰》，也同樣還是盜版遊戲片。不過，就只玩這一片了，弱水三千取一瓢，至此可說這是真愛吧。

但它值得。同世代的朋友要是有SEGA Saturn，或者同樣也上電玩店，肯定都玩過《吞食天地II：赤壁之戰》。這個以三國武將為主角的平台遊戲，最少一個玩家，電視主機版最多兩個，街機連線則可以四人，角色任選關羽、張飛、趙雲、黃忠、魏延五人之一。玩家一路向前，畫面便如捲軸由左至右的攤開篇幅。這是安全的歷險記，是電玩的羅曼史。

打街機的時候，十塊錢可供兩人同玩一局。一局兩條命，累計一定分數增命一條。不擅長者，一關之內噴掉幾條命都是正常的；擅長的人，可以一命破關。關卡與關卡中間，偶有不損性命的加分小關卡。比如第二關結束之後，是「吃包子大賽」——雖然口頭上這麼說，其實吃的豈止包子，還有雞腿和大肉塊——吃東西的速度等比按鍵速度，打街機的時候人人發狂，機台砰砰作響。日後聽說，這是電玩間老闆聞之色變的一關啊。我們則跟所有玩家一樣愛死了這個關卡。

論角色偏好，我一向偏愛清秀帥氣的趙雲。但趙雲敏捷而攻擊力弱，偶爾我也選關羽。關羽在結義三兄弟裡行二，我在三代同堂的老家裡跟堂表兄弟姊妹論齒序也行二。顯見我頭腦簡單的本質。若暉相同，獨鍾行三的張飛，但也青睞張飛打人殺敵的勇猛爽快。

無論年歲幾何，讀國中或者讀研究所，少年與青年的我們是為了這個遊戲買SEGA

Saturn的。

老主機SEGA Saturn到手，每開機必要玩到破關，不厭其煩。到了吃包子比勝負，便以拇指瘋狂擊按遙控手把上下左右ＡＢＣ。往昔的機台不壞，我們的遙控手把也始終康健。打到最後一關，玩家們會遇見歷史上不該命絕於此的曹操，系統詢問：要殺他，或者讓他逃？我們當然一路殺到底。但要是選擇殺卻沒殺成，玩家將迎來五虎將全滅的結局。

賭魔陳金城說得好，年輕人終究是年輕人，太衝動了。走筆至此去爬資料，我首度知道放走曹操之後才會是三國鼎立的史實發展。

可是沒關係啊。畢竟《吞食天地Ⅱ：赤壁之戰》繫著童年，也繫著失去的青春期。碩士生的我們總要有逃避論文的空間，最好還是一個能安放年少情懷的所在。遊戲世界，就讓年輕人永遠是年輕人，少年永遠是少年吧。

拜張日興所賜，我們很小的時候就跟電動結緣。

童年有段時間，張日興在曲折布置的貨架角落安置著「麻仔台」。麻仔台是賭博電動。平時安靜放在角落，開機時金光閃閃，長方形的螢幕四方有小格子圍繞，待機的麻仔台有聲音叮叮噹噹，燈光在小格子裡閃爍飛梭。押注按鍵八個：蘋果、西瓜、檸檬、柳橙、鈴鐺、雙星、雙七，以及被暱稱為拔辣的「BAR」。投幣一元可押一注，按下Start以後看光點轉轉轉，最後停在哪個格子，對上押注標的就獲勝。

我們頂多投十元。十元可以押滿八個賭注，還有兩元多半押蘋果。蘋果是格子裡最多的一種賭注。偶爾押西瓜，因為我們喜歡吃。興起時押雙七，圖樣是兩個紅色的阿拉伯數字七並肩而立，宛如雙胞胎。

這玩意，我們用台灣話叫它麻仔台，加動詞也用台灣話說「拍麻仔台」，但從來沒認真想過「麻仔」是什麼。螢幕上盜版的任天堂《超級瑪利歐》的紅帽大鬍子瑪利歐，三個大字寫著「小瑪莉」，所以麻仔台也叫小瑪莉。或有稱呼為水果盤的，畢竟水果很多。或稱吃角子老虎，可能因為鈴鐺雙星雙七拔辣。一款電動多樣名稱，流變有賴人類學家考據。網購盛行的今日，網上也能買到同款機台，唯獨避免觸法，商品名稱竟然是「台灣零件最新款小瑪莉有保固麻仔台雪豹存錢筒」。

——存錢筒？

確實很能存錢。

麻仔台我們從未賭贏，想來鄉人也同樣十賭九輸。張日興是大家的存錢筒。但有存無回，日久不免傷感情，不知道何時就消失在雜貨店深處。

比起賭博，我們愛的是遊戲。麻仔台消失不影響我們，我們去的是電動玩具店。

一九九〇年代的電動玩具店，一詞多義。

有的是販售電視遊樂器與遊戲卡帶、遊戲片的店家，一進去看見貨架高聳兩側，海報四處張貼，遊樂器主機擺在展示玻璃櫃裡面，比珠寶鑽石還要炫目。有的沿牆兩側大型街機林立，玩家在裡頭吞雲吐霧打電動，菸灰菸頭觸得面板焦黑油黃，總有傳說這類電玩店冷氣孔都放安非他命，讓人中毒上癮。也有如網咖前身，擺上成排桌椅，電視接著主機，供人在電玩店裡面打家用的電視遊樂器。當然，也有「以上皆是」的電玩店。

烏日國中附近，就有那樣一間。一樓展示與販售，以及計分付費的電視遊樂器。二樓兩個隔間都是大型街機。如果要去，我們得從家門走十五分鐘的坡路到成功嶺一號門大門口底下的公車站牌，途經五個公車站牌到烏日國中，再步行五分鐘。此路迢迢，我們罕走，通常是過年有點閒錢，才跟著堂哥舟車勞頓。

堂哥是三代同堂家庭裡的長子長孫，只有他讀烏日國小。烏日國小往返必經那間電玩店，便經常造訪。造訪所費不貲，堂哥有幾次歪念頭，就換來幾頓痛打。

某個假日下午，阿姆命我們雙胞胎捉緊堂哥手臂壓在廚房流理台，抽出菜刀作勢要將堂哥的手掌斬斷在砧板。三個屁孩當場嚇哭。那一年，我們都十歲上下。教育真的難。但再難也不必殃及池魚，須知我們雙胞胎從來沒偷大錢打電動，頂多從爸爸待洗的褲子口袋掏幾個銀角仔買五香乖乖和麥香紅茶啊！

●

珍惜生命，遠離電動。

固然是想這麼說啦。且不論堂哥並未就此戒除惡習，只是一時偃旗息鼓，對於電動之愛，我們幾個始終沒有斷絕。

在任天堂紅白機之後，以三代同堂的家族為單位，家裡出現過超級任天堂（通常簡稱超任），掌上型Game Boy，再是我們的SEGA Saturn。國中畢業後離家生活，主機遊戲再返這座祖厝老家是十年時光之逝，第一台是我們買的古董SEGA Saturn，彷彿重新接上這棟屋子的電玩史，而後是堂哥寄存的ＰＳ２。其後是我們的Wii。再後又是堂哥的ＰＳ３。不過，就停在這裡了。我們再次離家，堂哥也隨阿伯的腳步遠赴越南。

旋起旋滅的多巴胺，把生命裡的所有電玩銘刻於長遠記憶。

青春期時代的SEGA Saturn，伴我們走過阿嬤癌末到癌逝。螢幕裡的歷險英雄，不單赤壁之戰裡的三國五虎將，同樣自螢幕左邊不斷向右突進未曾顯露絲毫疲倦的，也及洛克人與音速小子。或如對戰格鬥的格鬥天王，射擊遊戲的ＶＲ戰警，流汗失血不時喪命，但只要按下接關就原地爬起百折不撓。

青年期的老SEGA Saturn，同時期的ＰＳ２，正是研究所那幾年。偶爾氣結鬱塞，血路不通，就去打一場從頭到尾的電動用以宣洩。學業很難，人生更難。我們不玩傷腦筋費猜疑的遊戲，只想打打殺殺，對世間的所有殘虐都放在螢幕裡面。ＳＳ獨愛《吞食天地II：赤壁之戰》，PS2兼容無雙系列的《真・三國無雙3猛將傳》、《戰國無雙2》。也許兩個小時，或者一個下午。這是若暉也確診罹癌的時期。

添購Wii是稍後一點的事情。性格仍然不愛雨露均霑，遊戲片僅《Wii Sports》與《超級瑪利歐》。隨著年齡變化的體脂率上升，肌耐力下降，藉遊戲做運動，擊劍、射箭、保齡球、高爾夫，最多就是動一動手臂的工夫。唯一疏忽的，是若暉全乳切除與淋巴廓清，揮舞遙控器打幾十個擊劍動作居然手臂發腫。那還是玩瑪利歐吧。Wii版本的《超級瑪利歐》首創玩家可以扛起另一個玩家前進，一個人過不去的地方，讓另一個人扛在肩上看準方向投擲而出，難關就過去了。

雙胞胎玩遊戲有默契優勢，所以格外好玩。網路時代以前，手足湊錢買遊戲祕笈。網路時代以後，祕笈全在網海浮沉。可是說到底，雙胞胎集思廣益合力斷金，才是樂趣最高的遊戲祕笈。

麻仔台的格子裡光點流轉令人目眩，SEGA Saturn開機音效扣人心弦。不懂遊戲樂趣的人們，或許不解圖像與音效組成的封閉世界何等迷人吧。解釋不易，跟人生同樣困難。只是電動裡面冒險智取、勇闖世界，於我們如同操場上跑兩人三腳，做彼此最好的夥伴。我們可以跑得很遠，很遠很遠。

研究所畢業後兩年，為著看診便利，離鄉在市區租賃了一間小公寓。沒有電視，電視遊樂器全部寄存老家。還玩遊戲乎？

後來我們玩Candy Crush。

不打不殺，移動糖果，串連糖果，粉碎糖果，無論什麼視角都是粉紅色的甜美遊戲，卡關也只是身陷五彩繽紛的糖果世界。滑鼠左鍵點這個按那個，連聲音都很冷靜和平。

Candy Crush沒有終點，頂多提示玩家等候新關卡。我們等過好幾次，直到第九百八十四關。

若暉的病兩次復發，拿到碩士學位之後，身軀不堪任何工作負荷。留守在家，她的進度比我快，等我闖關的時候指點迷津。她先到了第九百八十四關，系統沒有新關卡，就停在那裡。好一陣子以後，若暉居家安寧，日子於我內心是宇宙失衡，星球全數墜毀，萬般諸事無成，我只在絢爛的糖果世界裡跟上了若暉的腳步。然後，我們從此就一直停留在九百八十四。如同我們少女時代的第一台SEGA Saturn，停留在它該停留的那個時間點。

再後來，我的手機遊戲APP控制在三個以內，並不包含Candy Crush。

我讓它留在第九百八十四關。

臉書連結Candy Crush帳號，在那一關我們的大頭貼照片並立左右，仍然還像麻仔台上閃爍發光的紅色雙七，肩膀並著肩膀面對世界，永遠不變。

2018. 08. 18

沒事，我帶你走

二〇一〇年的八月，我們表姊弟妹五人去了東京。

那是若暉第一次化療療程全部結束後的第一個夏天。

最近臉書開始跳出回顧，看見在築地，在橫濱，在箱根旅行的我們。

都是八年前的事了。

前天深夜入睡，想到以前跟若暉旅行的事情，想到打電視遊樂器的事情——

啊，也好久沒有打電動了，她一直都是我打電動最重要的玩伴。

我們不喜歡對打，喜歡聯手破關的那種遊戲。Saturn的赤壁之戰，PS2的無雙系列，Wii的超級瑪利歐兄弟。

她擅長PS2的無雙系列，我擅長Wii的超級瑪利歐。

我偏好哥哥瑪利歐，她喜用弟弟路易，遊戲裡我們還是手足。

「跟著姊走！」可以發出豪語，一路通關。

不過那時還不流行這句話。

研究所有一段期間，我們認真玩的是Wii。其實是逃避，研究生都有的毛病。

我們把Wii的超級瑪利歐破關了至少兩次。

*

黑暗的房間裡我躺在柔軟的床上，想起那個時候打電動打到拇指破皮，我們說這算是研究生的職業傷害吧。

黑暗裡我簡直可以看見液晶電視裡明亮的電動畫面。我牢牢記得打電動時的所有快樂。

忽然我就哭出來。

哭得像她剛走掉的時候那樣。

我知道我再也沒有辦法像以前那樣，覺得打電動真的好好玩了。

*

其實她比我喜歡電動。

同樣埋首論文的研究生時期，她一個人也會去打PS2，但要是想玩超級瑪利歐，她一定揪我。這款遊戲破關需要很多細節的操作技巧，她不擅長也不耐煩這種操作。

「沒事，我帶你走。」

Wii版解決這個問題，瑪利歐捉起路易，我們就這樣闖過好幾個關卡。連我也過不了關的時候，我就上網查過關祕訣，像是帶著兵法上陣，一關又過一關。

但我再也沒有要帶著她走的關了。

輯二　吃飯

我要煮飯給我妹妹吃

——如果你妹妹復活一天，那你們會怎麼度過那一天？

我在這個問題之前愣住，那個現場裡短暫失語。

那是二〇一六年四月，大學通識課程的某一場專題演講，主題是創作經驗，ＱＡ時間，我說大家有問題嗎？任何問題都可以。於是底下有人舉手提問：「你們姊妹感情這麼好，我很好奇如果你妹妹復活一天，那你們會怎麼度過那一天？」

此前我並不曾設想過這個問題。我陷入思索，以致無法即刻回答。邀請我前去演講的老師在課後對我表達歉意，表示並沒有預料學生會有這種提問。

其實是個好問題。

此後曾經有過許多時刻，我也這樣問自己，如果若暉復活一天——？

●

我想，必須是吃一頓飯吧。

整個青春期我們都在飢餓中度過。

爸的離家並沒有一個明確的時間點。三天不見人影，五天無聲無息，偶爾一通電話，或者一鍋冷卻的殘餚擱在爐上，爸的蹤跡逐步退場，直到再也無從得知音訊。我們的國中二年級下學期，爸靜悄悄走完整個退場流程。我們的父親拋棄我們了。我們的肉身比思想更早領會。因為我們沒飯吃。

家族支援補位，阿伯與小姑姑上場救援。支付營養午餐費、通勤公車費的是阿伯，讓我們在飯糰店賒帳吃早飯、不時折返老家煮頓晚飯的是小姑姑。這個家族正深陷修羅場，歷經阿嬤癌逝，大姑姑官司纏身，我們爸跑路失蹤，老屋超貸以四處救火的波折命運。阿伯與小姑姑都有自己的小家庭，孩子們全是升學學齡，即使有心支援也疲於奔命。我們的上課日有早餐午餐，有時還有晚餐，假日不免幾頓餐飯落空。

我們在廚房裡翻出乾貨。一籃皮蛋。家裡米缸也尚未見底，一頓能是一人一顆皮蛋蘸醬油配白稀飯，直到吃空那個籃子。印象深刻的不只皮蛋上的松花結晶，還是當時清晨時分電視重播瓊瑤的老電視劇《青青河邊草》，高勝美唱的片頭曲聽起來很憂傷：「青青河邊草／悠悠天不老／野火燒不盡／風雨吹不倒……」重播時間是清晨五點鐘，飯糰店開張時間稍晚一些，有幾天我們可能沒睡也可能是餓醒，靜謐的清晨裡敲開皮蛋硬殼，細心剝去蛋殼與蛋之間的薄膜，不忍損傷一絲一毫。蛋白凝脂如凍，膏狀蛋黃略帶尿腥，仰賴醬油提鮮，我們在歌聲裡吃得乾乾淨淨。

學校裡學過一首可愛的兒歌，經常縈繞腦海。「小時候／不敢說／有一個願望在心頭／巧克力／奶油蛋糕／盡情享受不用愁。」高勝美的〈青青河邊草〉已很憂傷，這首兒歌繞梁累月經年，比所有歌曲都要深刻。

生命會自己找到出口。飢餓既然不可避免，我們反而不那麼在乎填飽肚子了。這是求生機制。像是不追問我們爸的去處，不追問爸為什麼這麼做，因為不知道答案更能維持心理健康。追求不可得的事物，創傷心靈最甚，比飢餓危險。肉體飢餓，大腦則告訴我們飢餓無傷大雅。餓的時候，我們埋首小說漫畫，彷彿千年老道辟穀煉丹，身體都輕盈了。

餓終究是餓的。然而能夠正視飢餓，面對飢餓，是更晚的事情。

國中畢業，我們走出家鄉與那座老屋，考進台中市區一個高職夜間部。小姑姑為我們支付第一筆學費，安排我們入住女生宿舍。爸去向不明，監護人不簽名連學貸都辦不成，但我們至少能夠賺錢吃飯，自己的肚子自己救。

讀的是商業經營科，核心科目是會計。我們在生活中落實記帳功課，恰正因為身無分文——精確地說，我們共享一個錢包，用來支付我們起床睜開眼睛以後的所有開銷，而那個錢包連兩張千元大鈔都沒有。郵局裡的存款不到一千，印鑑尋覓無門，即便本人臨櫃也領不出來。我們竭力節流開源，否則隨時面臨斷炊。

入學在一九九九年九月，時年基本工資時薪六十六元，台中市區打工時薪平均七十元，無工作經驗者多數起薪僅六十五。我們沿著一中街投履歷，屢投屢敗。十五歲，已屆法定童工年齡卻初出世面，麥當勞和三商巧福一類連鎖店鋪並不錄用。宿舍沒米缸，我們比國三還要飢餓。還兼年少無知，不諳宿舍常鬧小偷，某天起床發現我們錢包僅有的大鈔不翼而飛。

（這就是所謂的「屋漏偏逢連夜雨」嗎？）

沒哭。哭很消耗。萬幸竊賊給我們留了零錢。時年一塊紅豆餅五元，我們一天合吃一塊紅豆餅，餓狠了買兩塊。街上一間老麵包店在晚上九點過後，白吐司出清價一條十五，我們下課時間是十點五分，運氣好的日子，夠我們後面兩天的飽腹。那段日子是一團混亂，內是自家事，外是九二一震災。生活要上軌道，軌道就是工作，是收入來源，是落胃袋為安的吃喝之物。

我們必須記帳，勇於面對赤貧的錢包。時至二〇〇〇年元旦，經過記帳的摸索期，若暉選在一年之始重新啟用我們的收支記帳簿，第一筆紀錄：「上期所餘 2699」。那就是我們全身上下連同郵局存款的所有金額。

二〇〇〇年，時值高一。我先後在雞排店與麵包店打工，若暉早前在詐騙工讀生時薪的牛排店裡栽過跟頭，而後進了一間日商公司當正職工讀生，姑且塵埃落定。收入仍然有限，唯我時薪七十五元的時數積累，若暉固定月薪一萬六千八，並有我們以晚間放學後的清潔工作所換得學期間每月三千元助學金。

開門七件事，計生活費，學費，住宿費，女性生理用品費。錢不夠用。我們嚴格控管財務收支，吃飯錢每日一百元。白天工作晚上讀書，清醒時間每天十八個鐘頭，百元新台幣所能購得食物，且不論營養均衡與否，根本不足支撐每日所需熱量。

但愛是恆久忍耐，又有恩慈，愛是不嫉妒——維持正常心智，祕訣其實相同。任何情緒都是自我耗損，最好物我兩忘。恆久忍耐，如同忍耐牙痛。健保費積欠多時，我們自國三起各蛀了兩顆臼齒無門求治，劇痛時以米酒漱口，日久了不痛，臼齒有破片不時搖晃，就伸手進去一小塊一小塊摳落，任它毀壞成嘴裡的廢墟。繳清健保費以後去看診，牙醫語帶驚訝：「神經全部都蛀掉了，怎麼這麼耐痛？」佛陀拈花微笑，我們不悲不喜。

難的是面子。

若暉在公司行號上班，中午總跟同事共餐。便當與店鋪一頓午飯少不了五十元起跳，於成年上班族算不上負擔，於我們是每日可支出費用的一半以上。拆東牆補西牆，唯有早餐壓低價格。白饅頭一個七元，追求營養就饅頭加蛋一個十二元。最害怕同事中午吃小館子，豈止寅吃卯糧，等於今天吃明後天的糧。面子不能吃，為著面子不能不吃。

我選擇不吃。雞排店十點上工，可以跳過早上那一頓。街上有個小攤賣炒麵，黃麵與豆芽菜淋上肉燥，一份二十元，或者炒麵隔壁攤的福州包三個十元，另一邊隔壁攤煎餃三個也是十元，六個即可權充一頓午飯。餘下八十元，足夠買兩人份的晚餐。若暉疑問我白天怎麼只花一頓飯的錢，我說雞排店供我一份鹽酥雞當早餐。當然沒有。雞排店兼賣手搖飲，員工每天能喝一杯冷飲，我用多糖綠茶抵一餐。鬧胃痛之後，改喝紅茶。

晚飯通常是魷魚羹麵，酸辣湯餃，都三十五元。或者炒麵加大再加滷丸滷蛋，比午餐豐盛。夜間部放學，胃底那點東西全部消化乾淨。餓甚。我們在宿舍裡囤著走遠路買來的黑雞牌雞絲麵，零售一包九元，一箱更便宜。有意犒賞自己的時候，一次可以吃兩包。

飢餓不曾遠離，最終在我們心底生根。

但凡慰勞，肯定是吃。喜悅吃，憂愁吃，慶功是吃，挫敗也是吃。但儘管積蓄逐漸增加，我們十年不改一日三餐的一百元吃飯錢，只有額外增加一筆名為「伙食津貼」的預算項目——高職後期固定每月一千五，夠我們奢侈花用，隔三差五買一袋十五元的現切水果，一塊三十元的雞排，一根十元的美式大熱狗，以慰肚裡饞蟲——實話說，是窮怕了。我們害怕的不是沒飯吃，是沒飯吃的恐懼感。

——如果若暉復活一天？

我想，我們必須要有一頓飯。

●

必須是美味的一頓飯。

不要昂貴的餐廳，排隊名店，不是法國料理或者麻辣火鍋，那不真正親近。也不要是點心，比如雞排紅茶，臭豆腐豐仁冰，滷肉飯蚵仔煎，烤吐司與木瓜牛奶，儘管全部愛吃也想吃，但不夠踏實。要正餐，且應該是家常的一頓晚飯。

我們吃過一頓差點流淚的晚飯。

爸煮的。就在他逐日匿蹤的那段日子初期。放學到家，廚房爐子上擺著原本不在那裡的一個鍋子。已經十天半個月不見我們爸，見鍋如見人，一時欣喜上心頭，看清楚了又秒速墜入谷底。那是一鍋冷透了的鯰魚冬粉。色澤灰暗，毫無賣相。冬粉吸乾湯汁有如水腫，筷子夾起即肝腸寸斷。鯰魚一股泥巴土臭，皮與肉與刺交錯浮沉於冬粉之泥濘。而且，我們本來就最討厭吃魚。

鯰魚冬粉加熱以後，土臭魚腥氣息明顯湧現。聞著味道已很勉強，這玩意能吃嗎？可是不吃，晚飯沒有著落。硬吞一口熱騰騰軟呼呼的冬粉糊，入嘴有如夏日蒸騰且滾過幾條死魚的爛泥巴，頓時天旋地轉懷疑人生。我們沒哭，只是眼前一片模糊，把鼻水和死魚爛泥巴一起嚥進肚子裡。此後的一輩子，我們再沒吃過任何一口鯰魚。

說到底，為什麼是鯰魚？為什麼讓鯰魚跟冬粉一起煮？為什麼要讓鯰魚跟冬粉一起在鍋子裡躺一個下午？為什麼這種關頭給我們弄一道地獄料理？

這是世紀之謎。

爸十五學藝，習烘焙，漢餅西點兼修。手把手教我的第一道料理是蔥油餅，地點在我們家廚房，沒有磅秤沒有量杯，問曰怎麼知道要放多少分量，答曰用眼睛看。爸的眼睛是指針自動秤，雙手是數位溫濕度計。傑米·奧利佛三十分鐘上菜，爸也可以。怕熱不要進廚房，爸下廚直接打赤膊，油濺胸腹時面不改色拿醬油塗完了事，率性架勢有如安東尼·波登。

阿嬤信仰虔誠，初一十五拜祖先總有一條完整的魚。重新烹製上餐桌，阿嬤必是醬油薑絲，爸則糖醋。蒜頭、青蔥、辣椒剁細，糖與醋與番茄醬，醬料燉煮下去魚臭盡消，糖醋口味樂勝醬油口味。我們討厭吃魚，糖醋魚例外。總感覺爸亂煮都好吃。牛肉罐頭煮乾麵條，可樂滷豬肉，溪流裡電來的抱卵蝦子煮胡椒蝦，無一不美味。

包括泡麵。蔥燒牛肉口味，銀色調味料包先下煮沸了熱水的大炒鍋，粉末在水面翻滾，隨後是紅色油脂成塊的油料包，油塊擠完仍有殘留，一點不浪費地捏著那透明油料包裝在熱水裡涮兩三下。而後青菜貢丸，最後才是泡麵本麵。我牢記那個涮油料包的小動作，感覺那是大廚的祕訣。

但國中二年級那個放學的下午，為什麼爸留給我們一鍋鯰魚冬粉？無解。有解又何奈？總歸那一頓難吃的晚飯已經留下創傷。

長期飢餓的那段日子我們精神麻木如冬眠，春暖復甦，才知道飢餓的恐懼已在心底生根，伴隨飢餓而來的委屈則蔓延長刺，還帶深長的倒鉤。

此後我們可以隨意吃，卻絕不妥協難吃。

●

爸十五出鄉關，我們也是。我初入社會即餐飲業，高職三年間有八個月在雞排店，長假短暫待過早餐店，餘下日子都是麵包學徒。經手成千上萬塊雞排，幾十個麻袋的地瓜，隨機器攪拌分割幾百斤的麵團做麵包，沒削掉兩次手指肉、不燙破幾個水泡，不算進過餐飲業。雞排店油鍋一百八十度，麵包店烤箱兩百二十度，夏天泡於熱汗，冬天浸淫冷風。我在工作裡學習料理與人生之道，乃我廚藝道路的正式起點。

高職畢業，我們遷出宿舍，落腳北區五權路上破敗的中央市場公寓大樓。老舊大樓風格獨樹一幟，每個造訪的朋友都說有既視感。對，就像香港鬼片。走廊點燈也黯淡，每戶門外都堆積少用的器物，每樣物件上面全蒙著厚厚灰塵。大樓B1仍然點亮招牌營業的地下街，就是渾然天成的一座遊樂園鬼屋。然而那個十坪不到的套房有單獨浴室，有流理台可供下廚，買兩張書桌三架書櫃，陋室有光。自我們離家，這是收納我們全副身家的一方天地。

我開始為我們煮飯了。

若暉下班在五點鐘，夜間部大學第一堂課在六點二十分，輪不到她有時間料理。起先極簡單。一鍋自來水煮沸，下肉絲香菇青菜與生麵條，沒高湯，靠的是康寶雞湯塊，後來是鮮味炒手和烹大師。或者水餃，配康寶濃湯。再或者白飯淋上味王調理包，口味紅燒牛腩與辣子雞丁，時年全聯福利中心促銷價可以低到十七元。逾兩三年，再遷至距離大學近些的南區高工商圈。存款見長，不外帶外食的日子，比以前認真煮飯，捨棄合成調味料，口味逐年清淡。

再幾年，我們返鄉讀研究所，家人陸續歸隊，整座冰箱塞滿食材，同樣煮麵，用的是RO逆滲透水，起手式必以蔥蒜爆香，肉菜齊下，麵與湯俱濃醇馥郁。唯一問題是廚房如山頭，一山不容二虎，這家裡有虎媽大姑姑，虎爸多桑，我不過偶爾路過的一隻小老鼠。

研究所畢業復遷入台中市區，住在小姑姑家透天厝對面的老公寓。公寓雖老，五臟俱全。安置以後第一頓還是湯麵。以紅蘿蔔、洋蔥、青蔥、番茄熬了高湯，熬湯時感到前所未有的奢侈餘裕。心有所感，寫了個臉書貼文直抒胸臆：「從成功嶺老家搬出來，落腳在高中畢業後蝸居數年的五權路老公寓附近，宛如繞了一圈回歸原點。」中略三百字嘮叨絮語，最末是一句由衷感慨：「一前一後，卻原來已經十年了。繞了一圈回歸原點，像是離開家，又總是回到家。」

若暉看了貼文，第一時間按讚。

再緩一緩，過來認真地對我說：「你寫得很好。」

我表示，蛤？

若暉說，看得想哭。

說得連我也想哭。十年流轉，數度遷徙，始終沒有著落。我們是無家之人，是失根的孩子。但沒哭。我們總算能在一頓家常飯裡安頓自己。

人生必須上軌道，軌道是棲所，是一天天一頓頓的飯。

那一年是二〇一三年。距離若暉過世，剩不到兩年時光。那個時候我們還渾然未覺。

若暉養病，淋巴廓清手術讓左手不宜受傷，連手錶都不戴了，料理人照舊是我。金錢、時間與廚藝同步增長，那兩年上桌的除卻老樣子的豬肉香菇湯麵，更多是義大利番茄雞肉筆管麵、洋蔥雞肉丼與牛肉壽喜燒。我每問若暉好吃嗎？她總說好吃。

我相信，也沒有全相信。

若暉向來誠實，唯獨對我盲目。國中時代我們遭遇霸凌，彼此有過一番檢討，打算做點什麼自我改進。若暉長考後對我說：「你的缺點，就是優點太多了。」這種盲目程度，連我本人都目瞪口呆。

但是盲目何妨？愛其實是盲目。

——如果你妹妹復活一天，那你們會怎麼度過那一天？

二〇一六年四月大學通識課程那場演講的QA時間，有人舉手提問：「你們姊妹感情這麼好，我很好奇如果你妹妹復活一天，那你們會怎麼度過那一天？」

那個當下，我內心飛逝無數答案。

如果若暉復活一天。僅僅是設想，我就鼻酸難耐。日後許多時刻我拾起這個設想，總是忍不住眼淚泉湧。

但那個課堂裡面我沒哭。我平穩回答，如果有那一天，我要煮飯給我妹妹吃。

不吃花生倒吃花生皮

水煮花生，去殼剝皮，半斤花生只得一小碗花生皮。

花生仁外一層薄膜花生皮，在中醫稱花生衣。花生衣養血補血，具止血之效，科學論點指花生衣有助強化骨髓造血功能，增益血小板數量提升。

有一小段日子，我託小姑姑每隔幾日在早市購回水煮花生。繞口令說的，吃葡萄不吐葡萄皮，不吃葡萄倒吐葡萄皮。我剝花生不吃花生皮，若暉不吃花生倒吃花生皮。

一般人血小板指數十五萬，低於兩萬便會引發自體性出血，腦出血即死，那時若暉的指數已經跌至一萬六。西醫安排固定時間輸血，醫囑定時服用鐵劑或者濃縮棗精。中醫合併照護，每天開立兩包水藥，此外建議以花生衣補血。

換作幾年以前，恐怕我會嗤之以鼻。花生的那一層薄膜欸，當真有效？然而那當下我彷彿沐浴焚香，慎重淨手去殼剝皮，無異敬神儀式。彼時我也真正虔誠敬神。每晚睡前禱告，雙手合十於胸前，黑暗裡我再三呼求耶和華上帝、媽祖娘娘、關聖帝君、藥師如來佛、宇宙大人的名，用盡全副心力向神明祈求說，拜託請讓我妹妹康復起來吧。

隔天日頭上升，世界絲毫未改，我如舊剝著花生衣。

●

花生皮只是飲食控制的一小部分。若暉生病以前，我們從來沒有飲食控制的概念。或者精確地說，沒有飲食控制的可能。

國中三年裡一半的時間，我們有什麼吃什麼。營養午餐是唯一正常的一頓，晚餐的追求基本是果腹。餐桌偶爾擱著不知道誰留下來的殘餚可供配飯，至少白米飯新鮮現煮。身上稍有零錢，可得張日興雜貨店對面那間飯麵滷味小吃部的一碗麻醬麵。更不濟，張日興販售泡麵一碗十五元，放學省一趟公車錢走路回家就買得起。吃進肚裡的唯有澱粉和熱量，纖維素與蛋白質同樣匱乏。

那時家裡還有阿公。但阿公是一抹幽魂般存在家裡角落的贅婿，自我們懂事以來，家事不分大小粗細，沒有阿公可以過問置喙的一次，連電視遙控器都搶輸一干內外孫子孫女。我們沒想過阿公吃什麼，他也不為我們張羅。老屋子很大，足夠我們與阿公各自活在兩個時空，甚至足夠給其他人開幾個平行世界，比如長期寄居的大表叔，短暫來訪的小表叔，不時遊走的大姑丈。這家裡沒哪個誰有義務該準備食物，該收拾家裡。家屋蒙塵黯淡，我們的肉身跟這個家同樣陷入缺乏照養的頹境。

稀罕的一次聯絡上爸，電話裡爸說，「以後有小龍照顧你們。」那就是大表叔，阿嬤的么妹的兒子，我們應該叫表叔，但我們不，直呼他的乳名小龍。電話裡我們沒有力氣發牢騷，不然應該跟爸說，留他還不如不留！

並不是因為小龍只大我們一輪多一些，其時年僅二十六、七。

當時小龍有一輛山葉馬車一二五，三貼載我們上學，遠遠校門口訓導主任面色嚴肅看向我們，小龍說：「你們去跟他講，我是你們男朋友。」又說：「如果你們交男朋友，就打斷你們的腿！」有天家裡出現幾箱鋁箔包飲料，陌生的品牌，我們抗議小龍亂花錢，他說：「拿到什麼就是什麼啊！」我們說你是去偷的吧？小龍說：「什麼偷，是借。」又說：「如果你們偷東西，我就打斷你們的腿。」

小龍沒有工作，跟朋友到處去借東西。家裡四處散落拆解的電視與錄放影機，鑽進家門來去的人臉每次不同。我們從爸的高爾夫球袋裡挑了推桿和S號鐵桿放在床邊，臥房門把懸著風鈴，開門就有聲響。不過門擋得住人，擋不住氣味。有陣子小龍房裡常有異香，味道特別濃烈的那回，我們連日精神亢奮，三天只睡三小時。我們問，如果那是毒，究竟是什麼毒？小龍罵說什麼毒不毒的，又說：「如果你們吸毒，就打斷你們的腿！」

小龍憲兵退伍，講一口外省腔，初初寄居我們老家那時，鄉人多視他是臉龐端方體格強健的美青年。他父親是四九年來台的山東小兵，跟他母親也就是我三姨婆婚後落腳在中壢，生得二子取名振武、振文，盈滿那一代人的輝煌寄望。但帥哥多草包，讀書稀鬆平常，做工沒有出師，賭博技術恐怕只跟我們不相上下卻敢進賭場廝殺，再及染上的毒癮，人生愈走愈是一場糊塗。菸酒檳榔安毒賭博五毒俱全，肉身點滴崩毀，精神在失控邊緣，我們目睹一個青年的快速下墜，說不出的滿心焦躁與憂慮。其實就是物傷其類，而那時我們並不明白。

我們經常吵架。孩子的我們嘲弄青年的他不幹點正事，小龍總是叫嚣：「英雄落魄是暫時的！」我們便每次回嘴：「小孩落魄是會餓死的！」小龍吵不贏，就逃走。偶爾沒有逃走，衝過來甩我們巴掌，抓我們的頭去撞牆。塵埃落定，小龍還載我們去上學，去打一整夜的保齡球，聽說我們遭到同學威脅要蓋布袋圍毆，他一一打電話到同學家恐嚇對方放學走路務必小心。而下一次，我們還照樣吵架。

落魄的英雄喜怒無常，連帶我們日子過得充滿戲劇張力。興起了開車載我們到市區吃飯，一言不合卻立刻棄置不顧，令我們徒步幾個小時找路回家。開心時指天發誓說「你們考上了好學校我買電腦給你們」，嘔氣時就連車帶人停在平交道鐵軌上，等著我們驚慌尖叫對他求饒。

我們懂得應該怎麼表現可以討好他，但我們不。

平交道鐵軌中央我們僵持不下，副駕駛座裡我把雙腳伸到前座平台，鞋尖跟著平交道警示音噹噹噹噹踢踏擋風玻璃，直到小龍按捺不住踩下油門，破口大罵一句：「你們是瘋子啊！」不，我們是快要餓死的落魄孩子。不霉不餿就是食物，止飢卻不飽，慢性飢餓兼營養失調，國三便深陷睡眠障礙，我們還能再失去什麼呢？

小龍根本不是英雄，到底我們也不再只是孩子。不記得哪一天，小龍默默就失去蹤影，如同我們爸那樣無聲無息，而我們迎來國中畢業典禮，走出成功嶺的老眷村。

高職夜校就讀期間的第一年，我們放假還會回家。

彼時阿伯遠赴越南，大姑姑分身無術，爸隱身山林，唯獨小姑姑娘家婆家兩頭奔忙。成功嶺老家豈止蒙塵，頹圮宛如古廢之墓。阿公在廢墟裡面吃喝睡眠，依舊一派自在如紅塵遊仙。神仙不問家事，客廳地板磁磚白色轉灰色，牆壁爬滿蛆蟲，細看一地芝麻般的褐色瑣屑皆是蛆蛹。人蟲共生，善哉善哉。

（過了幾年我們讀馬奎斯的《百年孤寂》，結局那關於邦迪亞家族的預言：「這一家系的第一個祖先被綁在樹上；最後一個子孫被螞蟻吃掉。」忍不住心有所感，莫非拉丁美洲的蒼蠅果蠅並不繁盛？）

那樣的廢墟仍然有人上門。不是爸的債主，就是小龍的。老家大門向來不上鎖，債主自由來去，客廳裡坐看幾個小時的電視，直到確認當日索錢無望而歸。我們厭倦已極，某次聽見債主腳步聲而給門鎖上鑰，表明拒絕往來。孰知神仙有求必應，阿公給債主開了門。

入門的債主大步流星，一巴掌打在我後腦勺。

我正在保溫壺前給泡麵注水，熱水潑在手上頓時心頭火起，四分之一旋身預備一個後踢——但沒踢，練武不是拿來打架的。我煞住腳步，收勢不及的腳板在債主小腿脛骨上碰了一下。

債主大怒，一巴掌甩在我臉上，臉龐連同眼鏡一起甩歪。我心火熾烈，轉過臉來差點沒忍住一巴掌連同手上那碗泡麵統統甩在他臉上。馬太福音誰知道第幾章第幾節說的，「只是我告訴你們，不要與惡人作對。有人打你的右臉，連左臉也轉過來由他打。」我忍住了。但這他馬太的放屁，若暉沒忍住，衝上來搶過泡麵一氣呵成地潑在債主胸膛。不，不是顧慮別人的面子，是泡麵好燙，抬手最多及胸，不能再更高了。債主可能也讀過馬太福音，打了一邊臉，不會錯過另一邊臉。若暉的眼鏡直接被一巴掌甩飛。

我們在蛆蟲爬壁的廢墟裡混戰。戰鬥很短。飢餓的孩子如我，調料油包想當然耳加好加滿，潑在債主胸口的那碗泡麵（口味：統一肉燥米粉）又香又油，流淌滿地米粉與油湯，戰鬥時我們都在油滑的地板上華麗摔跤。

混戰匆匆落幕，債主選擇揚長而去，或許急需就醫處理胸口的淺二度燙傷，留下我們原地憤懣而泣：「我們失去了一碗泡麵！」

●

能吃是福。

食量與食慾俱佳的十幾歲沒有金錢支持這份福氣，二十歲出頭財務改善了，就在有限的預算裡敞開胃袋。依然不懂何謂飲食控制，如常的日間工作晚間讀書，一天能吃價格低廉而熱量高懸的三餐兩杯飲料外加一頓消夜，體檢報告三酸甘油酯與總膽固醇照樣顯示為指數太低，怎麼吃都不會胖。

那是二十一世紀的第一個十年，各種菜系的連鎖餐廳蓬勃發展。台中市區餐廳群雄並起，消夜場價格打到流血價，恩澤我們怡然夜奔吃到飽的燒肉店與火鍋店。也不止步於消夜場或者吃到飽，財務謹慎分配，我們以日常節約開啟假期破費的飽食之旅。異國美食盡覽美術館周邊如石頭飯館（韓國）、核果（地中海）、南瓜屋（義大利）、仙人掌（印度），以唇舌踐履低配版本的世界環遊。燒肉必野宴與烤狀猿，牛羊豬雞魚蝦青菜雨露均霑。火鍋則麻辣狀元、鼎王、老四川、十八梯、譚英雄、寧記不一而足，無異麻辣火鍋巡禮。

是縱慾無誤，縱口舌之慾，飽腹之慾。我們要吃肉，滿足大口咀嚼的渴望。要喝又甜又冰的垃圾飲料，以糖分澆灌心靈。要炭燒火滾，濃醬麻辣，尋求嘴裡的奇幻冒險。要寰宇搜奇，裝腔作勢，解長年自視委屈之苦。要吃到十足的飽，填補一整個青春期全副身心的枵腹飢腸。

我們撿遍他人善意的二手衣物，休憩閱讀仰賴租書店與圖書館，日用品永遠選擇最低價，尋常一切物慾降到低點，唯有飲食例外。但並不是追求高檔，也非崇尚精細。早餐的饅頭夾蛋、火腿蛋餅可以一吃經年。紅蘿蔔、南瓜、茄子、三色豆現身便當，皺眉也是全部掃盡。當然也上過法國料理的餐館，認得桌面陣列大小刀叉，或者日本料理店，板前座位吃握壽司。然則我們執著的是心滿意足。想吃夜市牛排或者麥當勞，想吃章魚燒蚵仔煎乾滷味，小火鍋鐵板燒臭豆腐，紅燒牛肉麵與黑胡椒雞排便當，那就去吃。重點是想吃就吃，想吃就真的能吃。吃的普羅大眾或者布爾喬亞，於我們是相同的邊際效益。

時年我讀中文系，若暉歷史系，每年增減一兩句座右銘。曾經我秉持「不役於物」，若暉恪守「無欲則剛」。食慾之前，我們一起繳械投降。

但能吃確實是福。

大學畢業以後的二〇〇九年，我們二十五歲，若暉確診罹患乳癌第三期。細胞組織呈現雌激素接受體陽性，自此易生雌激素的任何飲食皆為禁忌。醫囑必須低脂低油少醃漬，烹飪不可火烤油炸，戒除酒精糖分咖啡因與反式脂肪，謝絕豆漿牛奶乳製品，忌蝦蟹蚵蛤一干帶殼海鮮。扼要地說，再製食品與精緻食物全數再見，便利商店所賣零食飲料，一概不能入口。大學後期我著迷手沖咖啡，擁有一台多段刻度調整粗細的電動磨豆機，就在此際與咖啡愛好同步斷捨離。

心魔其實難擋，可是肉身正在變化。癌細胞轉移淋巴、皮膚、骨頭，最後肺臟，疾病逐年加劇，但凡手搖飲料含帶人工香精或玉米果糖，外食餐食稍添化學調味劑，若暉吃畢最遲當晚便會發作，或體溫上升，或無名之痛。我們唯有就範。

垃圾食物令人歡愉，健康食物通常難吃，為何？前者是強而有力的激情與痛快，後者原始，平淡，單純，溫吞，缺乏滋味的戲劇性。若拿水煮青菜對比麻辣火鍋，那是春天清晨凝聚茉莉花枝頭的一滴露水，對比夏季颱風掃蕩山林的一場暴風雨。我們才剛領略狂風暴雨的癲狂美好，點滴露水未免索然無味。

然而典型癌友飲食日久，舌尖世界終究回歸恬淡悠然。幾年過去，工作場合一名新進同仁是個自己挑豆烘豆的咖啡狂人，手沖一壺耶加雪菲慷慨分享，我喝了一口，感覺遭受電流穿透，心想咖啡的酸味與苦味竟然是這樣明確清晰。簡直武俠小說套路再現，我心領神會，飲食辨味原來真正是有境界之別。

可是疾病裡吃喝，境界高低有意義嗎？

我一時半刻沒有答案。疾病之吃，回憶都有悲傷生根。外科手術、化學治療、放射線治療、標靶治療到固定輸血，門診、住院、急診直至安寧病房，我們在醫院裡面，也在醫院外邊吃飯。

化療勢必白血球指數大幅降低，尤其忌口生食，水果切好以後不忘要過一遍冷開水。期間吃得乾淨謹慎，美食與否並不重要，畢竟反胃嘔吐的印象總是遠勝餐飯滋味。化療後的恢復期少量多餐，需吃肉，吃堅果，吃菜蔬。雙胞胎同進同出，日常飲食我陪著若暉吃，吃必講究機能實用，滋味之美可遇而不可求。

傳言禽獸之中屬鵝最為挑食而血肉潔淨，大姑姑不時從黃記鵝肉攜回切片的去骨鵝肉。阿伯每自越南返台，小姑姑必囑咐要給家裡囤貨無數越南腰果。中醫言稱生命力旺盛的地瓜葉多吃有益無害，廚房就好長時間都有一大碗公地瓜葉連日上桌，連爸都從南投山裡扛回野生野長的地瓜葉。地瓜葉尤其享譽癌友圈，地位堪稱抗癌之王，價廉易得，可以一頓接著一頓，我們日日吃，月月吃，吃成心頭肉上一條刻痕。

白血球指數常人是四千到一萬，若暉低破到有性命之虞的兩百以下。醫生開立白血球增生劑，每日皮下注射。醫院路遠，找來同眷村的小學同學D，D是資深護理師，示範如何開藥、汲取、去氣泡、推針，此後每日由我們自行注射——往日心想那些海洛因成癮到打針走水路的都是自討苦吃，未料人生峰迴路轉，有朝一日我竟然天天幫若暉打針。

藥劑注射輔以日常飲食，若暉再喝安素、補體素以快速補充熱量與蛋白質。善辨飲食之味的舌頭，在這個時候是一場悲劇。這兩樣鬼東西，實在有夠難喝。補體素姑且只是寡淡無味，安素卻像極無糖冰淇淋融化的香草乳漿，令人胃袋翻滾。我們知悉安素另有巧克力與草莓口味，時年網購不易，跑了幾間大藥局購得巧克力安素，以便若暉冰鎮飲用假裝是冰可可。但很困難，安素換湯不換藥，只是變作無糖冰淇淋融化的巧克力乳漿。

吃的樂趣，我們終究無法割捨。

化療以外的療程，多半適合吃肉。居家吃食俱簡樸，外食偶爾點綴花樣。我們喜歡健行路上的老美牛排。位置鄰近醫院，平價而非組合肉，兼具夜市牛排情懷。定期的門診結束，報告令人振奮或者頹喪，我們都吃老美，像是一點犒賞，或者一點慰勞。當然了，關於飲食問題，中醫一律建議水煮。可是若暉吃了油煎牛排不發燒不疼痛，老美就是沙漠裡的一汪泉眼，是我們的心靈慰藉。對坐總點一客沙朗一客菲力，切對半平分，姊妹倆可同時享用富有嚼勁與軟嫩多汁的兩種牛排。

也吃中央市場小吃部的李海，一塊滷肉與三兩條醃嫩薑，白米飯粒粒分明，搭配豬肝湯豬心湯，自以為也是補血。或者老四川，此生唯有味蕾追求狂飆，阻絕一切刺激豈非生無可戀？關鍵是，中醫鬆口說這勉強算是若暉唯一可吃的麻辣鍋了。再或篤行市場老吳與丁婆婆，油炸臭豆腐之上堆疊泡菜與小黃瓜絲，又炸又醃實在罪大惡極，可是人生啊，總有過不了的難關。人無完人，白璧何妨有瑕，我們的小奸小惡，全在口舌肚腹。

第一輪完整療程結束，兩年內若暉再度復發。人生很難，道阻且長。戒酒精飲料與帶殼海鮮的努力還在，糖與咖啡因的愛好則悄悄回歸，我們重新喝起隱身巷弄的老店紅茶，喝便利商店的咖啡拿鐵，還喝可樂。

也吃麥當勞，在最心力交瘁的時候。

二〇一五年六月一日，長期就診的血液腫瘤科醫師W安排若暉住院檢查，掛上氧氣鼻管，手指夾著血氧偵測儀。前路茫茫的單人病房裡面，若暉體虛多眠，胃口低落。我買麥脆雞、勁辣雞腿堡，副餐薯條可樂加點麥克雞塊，進病房裡開懷吃喝。

W醫師領著一隊實習醫生巡房，正好撞見我們吃到半途。我們窘迫而羞赧，像個孩子懺悔表示下次再也不犯了。W以一貫平靜而權威的聲音說不必顧慮這些：「現在吃得下什麼，就吃什麼。」我們彷彿獲得赦免，對視而笑。

六月六日，能做的檢查已經全數做完，我們不明白住院的意義，若暉決定回家。隔兩日中午W代掛的一個門診，由我代替前往。若暉在家使用的製氧機，已經從氧氣鼻管改戴氧氣面罩，即使如此血氧仍偶爾低於百分之九十，呼吸影響食慾，出門前我說不如還吃麥當勞吧，門診結束我正好就近走一趟麥當勞，若暉同意。

然而那個我輕忽以為可以迅速來去的門診，實際是W安排給我的安寧緩和門診。療程以來W一次也沒有說過，若暉早就進入安寧階段，門診裡的醫師S則直言不諱：「我不能騙你，你妹妹現在是末期中的末期了。」我說你不要騙我，到底剩多久？S說：「隨時，到週。」生命終結注定是在幾天之內的事情。我在半個鐘頭後走出醫院，進麥當勞點餐，騎車回家。不哭，沒有哭。我希望是這樣的。但事實是從門診裡面直到租處門口，我沿途流淚不止，無法自制。那是我第一次哭著點麥當勞，哭著帶麥當勞回家。

若暉離世，距離那頓麥當勞並不超過十天。

●

我們怎麼就沒發現若暉走到末期中的末期了呢？

可能還是因為沒有經驗。

二〇一四年底，若暉的血色素、血小板指數急遽降低。約莫是那個時候開始，若暉出現對冰的渴望。

想吃冰。時值冬天，並不直覺聯想到冰，我們買了巧克力口味的品脫杯哈根達斯。若暉只吃了幾湯匙，覺得不對口味，乳脂太高了。那就冰棒吧？我們去魚麗書店買春一枝的天然水果枝仔冰，若暉幾口吃完，陷入沉思。

「我想吃的不是冰棒。」

我們一起思索，那會是什麼？

尋覓良久，結果是單純的冰塊。

此前我們對冰塊毫無關心，而後若暉卻展現對冰塊的異食癖。至此方知冰塊並不單純。便利商店所賣的衛生冰塊質地結實且滋味生硬，差評。麥當勞冷飲的冰塊形狀中空，厚薄有度，中等評價。義美門市冰咖啡的冰塊，咬而鬆脆，餘味純淨，成為若暉的首選。

阿姆耳聞異食癖，私下拉我去講悄悄話，言稱身旁熟人的一個經驗，癌末過世以前飲食習慣有所變化，恰正就是出現喜歡喝冰飲咬冰塊的雷同徵兆。我並不相信。上網查詢，尋得一兩筆非正式醫療報告的病患自言，缺鐵性貧血會引發對冰塊的異食癖。原來是這麼回事。西醫指出若暉造血功能下降，中醫囑要給若暉吃花生皮，合併都能解釋。

疑問有解，我則心安。

那段剝花生皮的日子，每天晚上我用盡全力禱告，神啊，請讓我妹妹康復起來。我細數人生所知最為神威顯赫的諸位神明，上帝、媽祖、關公、藥師如來佛，乃至神祕學的宇宙大人。根據吸引力法則的論點，必須以正面的形式許願，於是我在心底呼喊，拜託了諸位神明請讓若暉的骨頭強壯，血小板增加，讓她全身上下所有細胞都恢復健康！

也並不止於睡前禱告，每晚熄燈以前我幫若暉輕輕按摩，連帶對其肉身叨叨絮絮精神喊話，永恆是同樣的話語翻來覆去。若暉的左手臂因為淋巴廓清，容易水腫：「你會愈來愈好的，明天起來血路暢通，活動會非常輕鬆。」若暉的右副手臂負擔所有抽血、注射、人工血管植入，傷痕累累：「辛苦你了，起床以後都會復原起來了，健健康康的。」造血關鍵在脊髓：「加油啊，你沒問題的，細胞會很活躍，會讓全身都變強壯。」癌細胞轉移骨頭，集中於髖骨與大腿：「好的細胞會茁壯起來，組織都恢復原樣了，明天走路一定自然又順暢，全部都會更好的。」

我虔誠信神。如果魔鬼能讓若暉康復，我會信鬼。

可是時間後推不到半年，若暉連花生皮都吃不下了。

居家安寧期間，若暉愈睡愈多，愈吃愈少。

安寧護理師探訪時交代，身體機能正在停止，進食只是增加負擔，不想吃就不必吃了。

那時我每餐都買萬春宮附近烤肉沙拉店的茶碗蒸。高湯蒸蛋滑如凝脂，含而入喉。若暉起先還能吃小半碗，直到僅能吞服一兩口。再後來，若暉只吃冰塊。

仍然是義美的冰咖啡。問過能否只買冰？不行。於是回家分離冰塊與咖啡，以湯匙勺冰食用。時至若暉連冰塊也咀嚼不動，由我咬碎後以湯匙餵食碎冰。

能吃是福。

若暉最終的一兩天，每日只吃一小塊冰。

●

小靈堂擺在台中市立殯儀館。

若暉得年三十（怎麼都無法說是「享年」），一切從簡。是若暉自行決定的葬儀形式，最低規格的棺木火葬，骨灰安置阿嬤塔位的旁邊，做七不要聽佛經，告別式現場的裝飾花朵首選百合花，連演奏曲目也明確指定。守靈期間葬儀社循舊例安排道士誦經，我無心囉嗦，做七的日子找來學妹M在旁放映《魔法少女奈葉*The MOVIE 2nd A's*》，全長一百五十分鐘，放完剛好收工。

生死早已百無禁忌，飲食禁忌亦不必遵守了。我天天去小靈堂擺一杯全糖的冰紅茶，搭配一碗泡麵（口味：統一滿漢大餐麻辣鍋口味）。告別式那一天，家人給奔喪親友準備的回禮是一福堂老店的檸檬蛋糕。那都是若暉喜歡而久未可以放開胸懷享用的。

同樣失去顧忌的理由，我卻無心飲食。進食是字面上的意義，攝取維持生命必需的止飢之物。我不做菜了，廚房與冰箱幾乎同樣停擺。午餐總是亂吃或者不吃，晚餐則由小姑姑直送到家，成為每天唯一正常的一頓。體力與體重同步下降，我自知不妥。若暉遺留的補體素還有大半罐，計數似的一天沖泡一杯，我仍然度著跟若暉同吃同喝的日子。

能吃之福，我無從企及。

家人攏我外出。去后里騎腳踏車，南投釣魚，餓了總要吃。路邊攤的油炸大熱狗，溪水邊的現烤豬肉夾吐司，我把健康衛生一起拋在腦後。也舉家到野林山間的土雞城，窯燒的烤雞皮脆肉厚，咬一口就滿嘴汁水淋漓。這也太美味了吧，我心想，原來悲傷的舌頭仍然可以辨識美味與否。只是每個返程的夜晚，家人的汽車後座裡面我凝望窗外流星般的燈火閃逝，眼眶全是淚水。

時節走進冬季，某天我打開冰箱冷凍庫，發現時空凍在裡面。一整包去了皮的花生仁，油脂結成雪花狀的白色結晶。

若暉不吃的花生，我統一收齊冷凍，最初盤算給小姑姑煮個甜湯什麼的，混亂生活的日子裡我卻徹底忘記，時光倏忽就過去了大半年。

能吃嗎？這個問題是多餘的。不如說，那當下獨自吃這樣的東西，無論如何是辦不到的吧。再數算時日，花生仁所累積黃麴毒素想必超標，理當是不能吃了的。

我能怎麼辦呢？

幾秒鐘之內答案自然浮現心頭。我果斷合上冷凍庫，讓花生仁隨著時空繼續凝凍在裡邊。

2015. 07. 17

吃穿都有，就不叫可憐

今天特別覺得疲倦，可能是定期檢查的門診讓我等了三個小時，可能是上午只吃水果，下午兩點才又進食果腹。可能是下午吃得少，空著肚子去聽工作坊演講。

你知道，我最討厭無事挨餓，空著肚子容易心情低落到海平面底下。數度想著如果你還在，是不是會讓我感覺安慰。

也許你會提醒我提早吃中餐，或者對我說，「既然趕不上想聽的那場演講，看完門診我們就去吃飯吧。」

然後我們去吃老美牛排，或者手打烏龍麵。

那些我都不能知道了，我知道的只是，無論撥電話對你發發牢騷，或者你就陪著我看門診，只要你在，我就不會掉入海底。

啊是了，是這樣吧，疲倦可能是等待門診期間，有電話找我回去工作，我手指頭緊捏了又捏最後推拒，「因為我妹妹……我現在沒有辦法。」電話那頭老師可能怕觸動我，聲音輕輕地說「我知道」；也可能是門診醫師問我，「你那位罹癌的姊妹最近如何？」

我只能盡力輕描淡寫，「哦她上個月過世了。」

醫師淡淡地看我一眼，我多想也能那樣無悲無喜。

晚間吃過飯，獨自騎車返家，進中華路前燈火都被淚花渲染，原來今天星期五，中華路人潮湧動，我怎麼也沒有辦法看見人們臉上的笑容。

等待門診時讀的小說，一句對白閃現心中，「吃穿都有，就不叫可憐。」

前陣子我才對人說，放在十五年前，悲傷流淚對我們而言都是奢侈，張開眼睛只想著下一頓，想著怎麼活下去。

那時我們想必會贊同這句話吧，不過，即使是那個時候，我們也從沒想過自己可憐。

現在吃穿都有，我的生活奢侈地一片空白，你恐怕不知道，而我是現在才知道，世上也存在著吃穿都有，卻無法望穿的巨大的悲傷。

輯三

走路

你妹妹是虎爺接走的

師父說，你妹妹是虎爺接走的。

我說，呃，虎爺？可是我妹妹跟著耶和華見證人讀了四年的《聖經》欸。沒等師父反應，我接著說好吧，我們養貓，如果是虎爺來接，她應該是會跟著走的吧。

那是二〇一五年炎夏某個上午的對話。

若暉在那一年夏天剛開始的時候癌逝了。我的狀況不好，天亮入睡，餐飯少吃，眼窩和臉頰凹陷下去。高職時代的學姊就來問我，要不要跟她去見「師父」。「也不知道你會不會討厭這個，看你的意願。」學姊躊躇，畢竟我向來是多疑的，偏偏師父的來歷又極為可疑。傳言道師父乃是活佛，是彌勒佛的靈魂的碎片的轉世。終究我是去了。活佛師父是個早餐店老闆，店裡鐵門拉了一半正要打烊，我們進去時師父還身披圍裙，空氣裡飄有煎檯氣味。一團肚子跟彌勒佛特別相像的師父與我隔著黏黏的餐桌相對而坐，我掏出皮夾裡的若暉遺照，師父笑吟吟端詳照片。半晌以後他說，你妹妹是虎爺接走的。

我是在那之後開始留意虎爺的。

不，不是立刻。

虎爺是什麼？那天我檢索腦海裡此前走過的廟宇，一點想不起哪裡見過，便一縷清風吹拂髮梢那樣拋到腦後。是入秋以後，我隨朋友K旅行台南，在媽祖樓天后宮看見臉龐眼睛同樣圓滾滾的虎爺。

K自幼有靈通，熟民俗，連年走足九天八夜的大甲媽出巡。K是我研究所同班同學，畢業後少有往來，若暉過世後未久，她打來電話，說環島途中聽見祖師吩咐，她便中斷行程來見我。我們重新聯繫友誼，後來同去台南廟宇巡禮。秋天的台南，我參拜數尊虎爺，獨獨媽祖樓天后宮那尊虎爺突然打動我。

我問K，可以給虎爺拍照嗎？要不要問廟方的人？K說，你擲筊問虎爺。

那便是我拍攝的第一尊虎爺。照片上傳社群網站，連著幾句註解：「台南二日行，寺廟巡禮。媽祖樓天后宮虎爺。令人念念不忘的可愛臉龐。」

是那之後，我認真留意起虎爺的。

開端是網路搜尋，找歷史文獻，時人遊記，也找宮廟網頁，再讀民俗學研究，讀記載古董與老器物的雜誌專書。虎爺是什麼？民間信仰且粗略分類自然神、人格神、動物神崇拜，虎爺是動物神，作為土地公的腳力受差遣驅馳，常見於土地公神壇下方。怎麼我此前全不知道？查出興味，遇人就暢談，到來直接說我盤算好了要寫一部日本時代台中城土地神與虎爺的小說。

既然要寫日本時代，自然必須知道那時台中市街有哪些土地廟，哪些土地廟有虎爺。買來紙本台中市地圖，想方設法求得一九三三年的台中市地圖翻拍照片，出動各色簽字筆螢光筆描摹街道輪廓，好將各町一一安置格狀棋盤。可是翻拍模糊，費去半天工夫，所得只有乾眼與廢圖。

可不是嗎？大正十五年町名改正後的台中市街以今日中區為主，輻射周邊東西南北區，統共三十一個町，光讀町名就眼花，焉能不摔筆逃亡。

奇怪卻生出執拗，重新鑽入文獻，深潛網路汪洋，直到邂逅中央研究院人文社會科學中心的一個網站「台灣百年歷史地圖」。古地圖圖層套疊今時網路地圖，昭和十二年的台中市轉瞬現身眼前。伏案手工畫了兩次，總算完成。

好吧，不算完成，古今對照地圖有了，還沒查清各地土地廟何在呢。前行研究者王健旺著眼日本時代的三次台灣寺廟主神調查，分別是大正四年、昭和五年的台灣總督府，以及昭和九年的民俗學者增田福太郎，統計數據一致顯示土地公位列榜首，說明台灣民間土地神崇拜之普及。既然普及，數量勢必可觀，如今可都在哪裡？至此才知台灣俗語有一句「田頭田尾土地公」，又有「水頭水尾土地公」，再有「庄頭庄尾土地公」。肚裡有火起，又想摔筆，這可不到處都是土地公了嗎？

但我沒忘記重點是虎爺。

昭和台中土地廟分布地圖緩慢製作，網路搜尋並進，找到兩處主祀虎爺的虎爺廟，南投水里天聖宮旁虎爺廟，彰化市彰邑明聖廟。虎爺雖是土地公腳力，或許流風所及，台灣民間信仰大宗如媽祖婆與王爺公壇下也常見。動物神的神格低，虎爺俯在眾神腳下，而信眾俯在虎爺腳下，奉承為「下壇將軍」。虎爺廟卻不一樣，主神就是虎爺。人格化的虎爺是虎頭人身，叫作「天虎將軍」。

虎爺兩種系統，天虎與地虎。天虎比照人格神，怒目橫眉安座神龕，明聖廟桌案供盤全是熟豬肉，台南大觀音亭暨祀典興濟宮的虎爺以單獨的神壇供奉在保生大帝神座前方，著名的偏愛肯德基炸雞。生食用以祭拜下壇將軍，如生豬肉，生香腸，生雞蛋，全國不分南北，虎爺多半是生食路線。地虎系統的虎爺位階低，視角也低，說是與幼童平視，順理成章成了兒童守護神，還能以糖果蛋糕祭拜。廟宇實際走多了以後，我留意壇下供品多是雞蛋和糖果。台灣常年熱天，唯恐肉腐，供奉不易腐壞的甜點，肯定是文化的權變，虎爺吃糖的可愛形象從此印在我心底了。

虎爺實在是可愛的。

台灣自古無老虎，原生貓科僅有雲豹與石虎，年代久遠的虎爺神尊卻大多憨拙，如同實獅跟石獅是兩個樣子。沒有老虎，模特兒多半是貓吧。虎爺姿態確實肖貓，下山虎像貓伸懶腰，朝天虎像貓討罐罐，側身示人像貓打架作勢威嚇。我進廟宇，總是彎腰窺看主神神龕底下有無貓影。

走訪日久，感覺北部、中部、南部虎爺神尊的外觀與材質自有一套系統，隱約是流派之別。虎爺神尊日久焦油熏黑，可辨識者裡北部常見石雕，南部多為木雕，中部折衷兼有。大手筆的金虎爺、玉虎爺好幾尊都在南部看見，安靜展現虎爺信仰的風水寶地氣派。材質嘛，金玉良緣，木石前盟，我什麼都好，唯獨不愛光澤爍爍的簇新虎爺，完美反光令人起疑是塑膠製品，外型一概是擬真老虎，盡失拙趣。

虎爺趣味不只在憨態可掬，是樣態如繁花各異，找虎爺像是玩轉蛋，幾度驚奇與驚喜。我一一筆記，有右側身朝人、左側身朝人、正面朝人，有假山底座以作上山姿、下山姿，有坐有臥，或身披虎紋衣，或頸繫紅布，或頭戴金花紅花，或胸前一朵紅緞花球，或掛一線燦燦金鍊；虎眼有鑲玻璃珠者，鑲拳頭大的綠玉者，也有鑲小指甲尖狀似LED小燈珠者；虎口有抿嘴，有張口，有暴牙突出，有上齒含下唇。

筆記到這時，我走訪虎爺已經超過一年。早早走盡了昭和台中土地廟地圖，不得不向外開拓出去。

二〇一六年二月，我在社群網站開了一個相簿命名「虎爺收藏」，自稱「虎爺收藏家」。同年底，收藏虎爺四十五張照片，田野調查筆記資料夾九十九個。

虎爺照片頻繁張貼，朋友們記住了，看見虎爺不忘給我捎來提醒。學術如「虎爺暨動物神祇信仰國際學術研討會」，娛樂如電影《紅衣小女孩2》，社群討論如批踢踢媽佛版，但凡有虎爺，總有人通風報信。

也是一股傻勁推著我走。走路或者騎車，巡邏各地大大小小廟，進了廟宇，我就彎腰窺看有無虎爺貓影，有，即參拜後擲筊，詢問能否拍照。

第一尊不願給我聖杯的虎爺，是彰化鹿港新祖宮敕建天后宮媽祖案下的黑虎爺。那是我拍攝的第十尊虎爺。第一擲是蓋杯，然後是連續的笑杯、笑杯、笑杯……最後我問：「是不是因為我心執迷，何必贅問？」

聖杯。

那之後不再擲筊，每一尊虎爺公腳底我虔敬拜倒，拍完鞠躬，起身走人。我想，虎爺都是知道我的。

邊走邊讀，第一次疑惑廟宇沿革而回頭查閱文獻，是在台中市南區長春福德祠，碑文紀年跳過日本時代，只有清光緒和民國；第一次意識到信仰與族群、廟宇與角頭的關係，是在台中市中區輔順將軍廟順天宮，大正十年的碑文所寫「敷地獻納」二人：吳鸞旂、林烈堂，出身鼎鼎大名的太平吳家與霧峰林家。第一次知道七娘媽信仰與女孩子「做十六歲」成年禮的實際細節，是在台南市中西區開隆宮，廟裡好幾座紙紮的「七娘媽亭」，看花我眼。

我邊走邊讀，愈讀愈走。玄天上帝和玉皇大帝有什麼不同？馬爺和馬使爺是同一種神明嗎？如意娘娘不等於媽祖娘娘？三府千歲和五府千歲差別在哪裡？明明是找虎爺，找得越過邊際，到來也找不到邊際。

但又何妨？視野拓寬像發現新世界。我們長住台中市區的租處，鄰近不遠有個景聖宮蘇府三王爺廟，十八歲那年為著出國旅行祈求平安而首次參拜，遷籍台中時的幾次大選，蓋章投票的小亭直接就在王爺跟前，到今才知道王爺腳下窩著虎爺。烏日家鄉有座香火傳承兩百多年的開漳聖王廟建興宮，兩百六十週年那時拉了紅布條，我們還竊笑說這歷史不是胡謅的吧？沒想兒時大年初一每去上香的大聖王那裡，通體漆黑的虎爺安靜藏身洞窟。因著虎爺收藏首次蹲身打燈去看，洞窟裡的虎爺面貌有焦油密密覆蓋，連雙眼形狀都無從辨明，難說是藏了幾十年幾百年。

容我抄襲雕刻家羅丹的說法，這個世界不是缺少連結，是缺少發現。

後來我開發了虎爺導覽私房行程。

台中北區的老中央市場吃過李阿海滷肉飯，拾步原子街巷弄去內行人才知道的阿明紅茶攤喝杯冰紅茶，喝罷再走小巷接去代天府保安宮五府千歲廟，保安宮下壇將軍一列五尊虎爺威風赫赫，是台中少見的景象。或者彰化，火車站步行可達阿泉滷肉飯，飯後散步至彰化元清觀玉皇大帝廟，參拜完畢，借公共自行車去後車站喝三川紅茶冰。

首次去元清觀那時是熾熱的酷暑天。我與親友一行五人，正中午的日頭可以把人曬焦，我們喝完紅茶冰還吃古早味刨冰，依然渴得要命。實際要命的是我安排的酷暑行軍，當天豈止元清觀，周邊土地廟一一走遍，上衣濕了又乾，乾了又濕，深色T恤結著星星點點的白色鹽粉。但沒有人罵我，個個配合度滿分。我其實不是真的著迷虎爺如追星粉絲，虎爺知道，他們也知道。

我是強迫症，執迷不悟，陷在自己的迷障裡面。

昭和十二年台中市三十一個町的土地廟，我全走完了，只能走到外地。二〇一六年三月十九日，台南開隆宮、小南城隍廟、天壇。四月十一日，雲林北港朝天宮與嘉義新港大興宮、新港奉天宮。五月十四日，台東富岡漁港海神廟。六月四日，台灣大學伯公亭，六月十二日台北松山慈祐宮……一路走到年底，心心念念去尋虎爺。

天熱極了，我也走。台東海神廟在一條長坡頂端，我日久作息顛倒餐飯不繼，體重驟降而體能低落，那條長坡走得心肺欲裂，汗水直下，雙手拔著左大腿右大腿，輕一腳重一腳地爬到坡頂。

都說是強迫症，心會累，有時頹倒在廟裡，像是在台中市城隍廟。那裡沒有虎爺，起先失望，豔豔的陽光直照，我坐進廟宇拜庭的屋簷陰影裡面，有風捲來茉莉花與玉蘭花的香氣。台中市城隍廟信男子信女子供上的香花，熱天裡一塊花香清淨地，後來我再訪，三訪，去了就坐著，額頭有汗卻心頭柔軟，安定寧靜。

「你怎麼這麼喜歡虎爺？」

這個問題，不止一個人詢問。我說，我要寫一部小說，正在為那部小說做田野調查。寫小說是個好藉口。其實到今天，那部小說仍然一個字沒寫。書有未曾經我讀，事無不可對人言。我不是說謊，是怕人為我憂慮。

我尋虎爺，走著走著便走進了百來間大小宮廟，次次彎腰跪地，俯在虎爺腳下。原先是次次擲筊的，問道我妹妹是不是你接走的？真是你接走的嗎？那我妹妹過得好不好呢？如果不是你接走的，能不能也關照我妹妹？能不能代為知會我妹妹，我過得挺好的，不必太擔心我……？

念念叨叨，囉囉嗦嗦，新祖宮黑虎爺是第一尊不願給我回應的虎爺。農曆新年剛過的二月天，我問得臉頰發燙。後來再也不問，心想虎爺都是知道我的了吧。再後來，便只一心去尋虎爺，彎腰跪地俯在虎爺腳下小聲對虎爺說，拜託了，拜託，請好好照顧我妹妹吧。

到底我沒能忘記那師父說，你妹妹是虎爺接走的。

由布院山頭夜幕降臨

我去了須古頓岬。

海岬岸邊有強勁的鹹風撲面，令人頭髮遭受左右拉扯，行走需要出力抵抗。這段路程的目的地是須古頓岬著名的民宿，就叫「民宿須古頓岬」（民宿スコトン岬），那是位在日本北海道的北方離島，禮文島的北端海岬，須古頓岬邊緣的一座小屋。停好小車，從停車場步行至民宿，百來公尺飽嘗風襲，逆風拾坡道石階而下，敲開民宿大門便迅速縮身進去。充盈雙耳的風嘯頓時止息了。阻絕海風的門裡門外，彷彿是兩個世界。

民宿接待者是個年輕女孩，引路所至的房間鋪著八疊榻榻米，牆面嵌著一小方窗景。浪濤聲隔窗嘩嘩起伏，臨窗去看，外面是一片色澤如同冰冷鋼鐵的灰色海洋，以及海浪裂岸碎成的白色泡沫。民宿有個噱頭，要是季節與時機對了，海豹就會現蹤海岸，可以就近肉眼直擊。於是瞇起眼睛仔細巡遍礁石，一個數過一個，可是落空，一望無際的大海遠近唯有浪花生滅，其餘什麼也沒看見。

時值二〇一六年八月下旬，是我去的第三趟北海道。

沒有若暉，旅伴是學妹M。

十年一遇的北海道颱風來襲前夕，我在須古頓岬聽了一日夜的浪聲。

●

我和若暉同行的最後一次國外旅行，是二〇一四年底的日本九州。

碩士班畢業兩年，若暉在家養病，我養家。先後踏進母校中興大學兩個系所做研究助理與技士職務代理人，期滿解職再轉任台中教育大學一個研究中心的計畫助理。當時主管樂見逐計畫而居的季節漂鳥終有棲身之所，歲末聚餐提議眾人各抒己志，特別指定必須跟工作無關。我說我二〇一五年的目標是寫一個至少十萬字的長篇小說，主管感嘆說那很不容易啊。是真的不容易，那是我做過加班時數最高的工作，難以兼顧小說寫作，然而言志那個當下，長篇歷史小說《花開時節》的前置作業已經啟動。

文獻考據起始於二〇一四年春末，連同戰前台灣文學作品的文本閱讀，並且有一項前置作業勉強歸類田野調查，就是日本九州北部的那趟旅行。

日本殖民統治時期，內地日本與殖民地台灣有所謂的「內台聯絡船」，距離最近的主流航路是基隆港到門司港。九州南北縱向，與台灣有關的地景多在北九州。門司港位於九州的北端，與北方山口縣的下關遙望。下關即馬關，中華民國國立編譯館歷史課本裡面所說敗戰割台的「不平等條約」，便是一八九五年於此地簽署——以當時代人的觀點來說，今人所稱的「馬關條約」其實跟尚未誕生的中華民國毫無關聯，乃是大清帝國與大日本帝國講和的條約：「台灣全島及所有附屬各島嶼，以及澎湖群島之城壘、兵器製造所及國有物永遠讓與日本。」（台灣：這就是所謂的「躺著也中槍」嗎？）——可是馬關條約真真切切影響了台灣群島一八九五年以降的命運，條約簽署的確切地點，即至今仍然留存營運的下關春帆樓。

所以春帆樓是必須一去的。門司港也是。

再有就是福岡、熊本與由布院。

日本明治政府十九世紀末廢藩制縣，福岡乃初期實施市制的現代城市之一，也是戰前九州人口最多的都市。而且「內台聯絡船」海路早已隨著殖民時代的終結而斷航，北九州與台灣交通的飛機起降都在福岡機場。焉能不去？

若問熊本，熊本不在北九州，此為九州中部第一大城。可是能不去嗎？日本江戶初期建築所謂三名城，其一即熊本城。再則熊本保留一九二〇年代以來一度興盛的路面電車，今日在他處城市已然罕見。踏查要徹底，當然得去。

至於由布院？由布院跟台灣沒什麼干係，只有一個重點，由布院有溫泉。

北九州旅行其實是家族旅遊，我們的旅伴另有小姑姑與大表妹、小表弟母子三人。大表妹是醫師，小表弟是警官，休假不易協調，於是安排五天四夜的輕便旅行。田野調查兼顧休憩觀光，各方考量以後決定每日重點行程僅一、二項。畢竟這是小姑姑第一次的自助旅行，更關鍵是若暉的體力唯恐支撐不住。

——實際旅行期間，也印證了這層憂慮。

溫泉鄉由布院巷弄靜謐，田野廣袤，生活節奏緩慢如一支牧歌。那樣悠閒的由布院，我們往返距離民宿一公里半的金鱗湖，若暉走走停停，將常人能在四十分鐘左右行盡的路程，從天光的下午走到夕陽斜照，從夕照走到暮色深深。小姑姑沿途開發話題，從韓劇聊到韓國男星，大家走路講話都很輕鬆，單獨若暉一人宛如失速的馬拉松選手，上氣不接下氣，臉色與嘴唇同樣慘白。

回家以後反芻這趟旅行，若暉說並不盡興，疑惑兼唏噓體力竟然衰退到這種地步。不過除開走路行程不論，我們有個共識，由布院的溫泉是我們歷來溫泉體驗當中最好的一趟。

「等之後身體養好一點，再去一次九州吧。」若暉說。

「下次可以去長崎和鹿兒島。」我說。

「由布院還可以再去一次。」

「那下次去住那個叫『百合』的旅館。」

我們研究寫作都專攻百合（yuri）迷文化，由布院街道上看見旅館的百合招牌，路經百合旅館的當下姊妹倆交換過會心的微笑。

但理所當然，至今未去。

北九州是我和若暉最後一次的國外旅行。

●

截至大學為止，我和若暉自主的旅行經驗大多是出國。

讀碩士班的某天一度興起，盤點歷來交通習慣，發覺我們搭乘飛機比火車的次數還要更多——每當這樣告訴別人，總會引來驚呼：「你們這麼常出國呀？」——這就誤會大了，我們的國外旅行次數相當有限，答案只是我們更少機會搭乘火車。

台中的大眾運輸網絡迄至二〇二〇年仍然不甚健全，搭火車通常勢必得再轉乘公車，消受不起這些周折，台中人通勤多是機車。千禧年前夕我們進台中市區住校就讀，既負擔不起一台二手機車，未成年時代也無從取得駕照，工作地點最遠只能是腳踏車可達範圍。

教官牽線之下，若暉覓得一個距離學校兩公里開外的日商公司正職工讀缺額，每天來回五公里全靠腳踏車，連二〇〇〇年的強颱象神也靠雙腿破風前行（抵達公司後發現放颱風假），堅持不懈直到年滿十八歲考得輕型機車駕照。我們買進第一台幾經轉手的中古機車，存款所剩無幾，由我接手腳踏車，交通工具從雙腳晉升為腳動雙輪。火車？從來不在選項之內。

沒有閒錢，沒有時間，我們的活動範圍都是點到點，即住處到學校、工作地點、漫畫店與圖書館。上班與上學各自佔去一半時間，週休二日大多用以補眠，應付課業與考試，以及兼顧我們的閱讀與寫作愛好，毫無假日短程小旅行的餘裕。五十c.c.的輕型機車座墊窄小堅硬，騎車半個小時就屁股發麻，雙載也去不了遠處，何況還有油錢考量。所以一日旅行，只能是出國。

聽起來邏輯弔詭，說起來合情合理。金錢的去處，是價值觀的體現。高職到大學那幾年，書籍租閱借閱可得者，我們決計不買。能買二手或者回頭書，勢必謝絕新書。有得接收他人舊裳，絕不費錢購買新衣。時年個人通訊風向正從B.B.call吹至行動電話，廣告強打貝殼機、鯊魚機、NOKIA 3310及各類五花八門機，我們心如止水。跨行提款需要五塊錢手續費，寧願多走兩條街，也不讓一毛錢用在沒有實質產值的事物之上。然而遠程旅行，卻是一種有其必要的強制手段。

若暉入職的日商公司按照勞動基準法給予特休，合併事假能換來超過一個星期的長假。二〇〇二年高職畢業的夏天，我們開啟了第一趟長途旅行。那是歷經了國中混亂紛擾的一年半，高職咬牙苦撐的三年，金錢作為代價，我們以物理距離換取一次遠離日常的心理距離。

——也不搭火車。去機場當然搭客運，客運票價比火車便宜。

●

我們第一次的「出國」，去了中國。

趕在長江大壩二期工程竣工以前去的。彼時我們是眷村出身、正一腔熱血胸懷大中華的孩子，企望親至中國那母親之長河，文明之搖籃的長江，好好見識酈道元《水經注・江水》所寫「自非亭午夜分，不見曦月」的三峽景色——心態有如祖國朝聖，實際也是朝聖之旅，但感受上「祖國」終究是他國。

日後有次機會試聽一對二的真人英語教學，外籍老師連問幾個問題，其中一個問曰，有去過哪個國家旅行嗎？我們答曰「中國」。外籍老師當場失笑搖頭，指正我們的英文錯誤，言稱我們理解錯了，他說的是去「不同的國家」旅行。我們張口結舌。但我們無法使用太過破爛的英文告訴他，我們的「錯誤」不在英文理解，是政治理解。

起心動念去中國旅行的那一刻起算，在此以前，我們不曾想過這些。

我們想的只是怎麼去？去得成嗎？

去中國，當然是跟團。一九九四年中國浙江的千島湖事件還不是太遙遠的故事，小姑姑略表擔憂，我們仍然透過老師介紹了一間小旅行社，確認旅程細節一併辦妥護照與台胞證，跟上一個以學校教職員為主要團員的旅遊團體。

小姑姑擔心的是人身安全，我們擔心的則比那個更短視一點。儘管是透過老師介紹的熟人，但要是被詐騙旅費不就糗大了？進旅行社簽約時我悄悄端詳辦公室裡的布置，行走時窺視各個凌亂文件堆疊的辦公桌，坐進略顯陳舊的訪客專用桌椅，不忘留意室內一列黃金葛植栽鮮綠裡偶見枯黃，以及葉面帶著一點未細心清潔的灰塵，這種日常粗心的細節顯得旅行社經營有年，我總算放下心中大石，簽字交錢。

畢竟這趟九天八夜的中國旅行，旅費來自我們高職三年省吃儉用存下的一筆積蓄。「省吃儉用」四個字，嘴唇上下不必相碰，半口氣就能講完，於我們是用盡力氣且耗涸意志的事情。要具體形容的話，那是假設磁磚縫隙貼著一層金箔，用指甲去一一摳剝下來的耐性堅持；是每日清晨花苞頂端凝結水銀，手持滴管顆顆汲取收藏的緩慢積累。人一張眼就要錢，起居如置身烽火現場，固定開銷如學雜費與住宿費，臨時醫療支出到生活日常嚼用，諸事都是砲彈，左支右絀的槍林彈雨裡面，靠著省吃與儉用，若暉讓我們的存款數目達到十四萬之譜。

繳完旅費，我們的存款頓時消失三分之二。

值得嗎？

實在不容易一句話說明。

高職讀的是商業經營科。國中時擺爛到毀滅的數學在高職期間惡補回來，高三時商用數學單科成績擠進班上頭幾名，考取會計丙級技術士證照以後，會計老師私下建議接著考乙級技術士，提醒我們未來走會計才是正途。這條道路指標明確，留在母校往上讀四年制技術學院的會計系，用功拚一個會計師執照就等於捧到鐵飯碗，即便沒考成也能在各大中小企業餬口飯吃。

但我們沒接受建議，打算去考中興大學獨招的文學院進修學士班。唯獨一個問題，進修學士班即夜校，當時面向社會人士而不收應屆畢業生，我們必須隔一年才能應試，應試科目是共通科目國文、英文，以及專業科目，中文系考中國文化基本教材，歷史系考中外歷史。夜間部高職所用國文、英文課本，據稱難度僅是日間部高中的一半，中國文化基本教材與中外歷史作為考科則根本只能自學。

幾個相熟的科任老師表示疑慮，關照我們許多的教官單刀直入說這個決定太冒險了。她任職教官從青年走到中年，見過無數畢業生不緊接著讀上去就中輟學業，而我們擅長讀書，大可以仰賴升學進身。教官情摯殷切，實際她就是知名大學歷史系畢業，問得更是要害：「中文系和歷史系讀完出來，你們能做什麼？」

我們不知道。高職三年級一整年身陷茫然迷霧。

國三那時急欲找到突破口，總想著畢業就好，能賺錢養活自己，一路拚命衝到了高三卻四顧無措。再前進一步，再畢業一次，能保證有更好的未來嗎？因著要養活自己而讀了不符志趣的高職，前行應該選擇錢景可期的會計系，抑或是興趣驅使的文學院？——而且，文學院還未必考得上。沒有後援，沒有退路，沒有補習條件，我們得在正職工作之餘自行備考，倘若文學院落榜，光這數學、會計科目徹底空白的一年，屆時也再考不上國立學校的會計系了。

選擇錯誤的機會成本太高，孤注一擲的失敗後果令人焦慮，胃痛和偏頭痛悄悄纏身，我們跟國三那時相同地又掉進睡眠障礙的困境。

若暉從書上抄下一頁筆記自我警醒：「壓力的危險訊號：一、容易疲倦。二、缺乏食慾。三、不易入睡、睡眠淺。四、肩痛。五、焦躁。六、感覺心情沉重。七、孤獨感增加。八、缺乏充實感。九、缺乏活力。」我們無一不中。

筆記的下半頁於是抄了解方：「消除心情煩惱的方法：一、現在活著。二、在這兒活著。三、直視現實。四、接受不愉快的感情。五、不重視想法，要重視感覺。六、不要判斷，應該表現。七、不要塑造權威者。八、一切靠自己。九、給予自己責任。」

現在活著。在這兒活著。

這話說的到底是啥，為何如此意味不明？解方如同無解。

——但我們爸是賭徒，我們或許也是。

長達一年的睡眠障礙，沒有妨礙我們選擇了孤注一擲。

我以總成績班級第四名畢業，若暉第七。畢業那時，每次輪流搶位前三名的同學順理成章考進國立學校，班級第一名推甄直取政治大學會計系，而我們閉戶蟄伏，把自我懷疑深深埋進心底。

正是高職畢業的那個夏天，我們開啟了第一趟長途旅行。

九天八夜，沒有網路，沒有手機跨國漫遊，我們帶著倪匡與金庸小說踏上旅程。台北飛香港，轉機至廣州，隔天再飛安徽。安徽黃山攻頂過夜，下山搭機直往武漢，登船沿長江遊覽三天至重慶，再次至香港轉機折返台灣。

景點走馬，看花人眼。最深刻卻是長江遊輪上的那三天。船艙雙人房僅夠兩張小床夾一條小道，一小塊梳妝台空間，再一個勉強可以旋身的浴室。然而山不在高，有仙則名，船艙不在大，有窗景就行。床頭臨著一塊大片玻璃，玻璃外面是赭色的長江。

我們一人一邊平躺小床，看著江水發想一個性別觀點前衛的武俠小說。女主角要女扮男裝，男主角要男扮女裝，有江湖恩怨，也有廟堂鬥爭，女主角救援男主角，男主角討厭女主角，然後女配角芳心暗許女主角。船窗外的景色幾經變化，始終江水滾滾，沿岸的山稜延綿，我們說著說著就睡過去，半途睡醒了接著再說。

遊輪忽然廣播航行實況，神州號已達巫峽，上甲板可以看見巫山十二峰，最為馳名者即其中俊麗非凡的神女峰。巫山神女的傳說我們是知道的，「曾經滄海難為水，除卻巫山不是雲」，詩句裡的巫山雲雨典故也是知道的。我們為了三峽而來，尤其為了巫峽，神女峰是重點行程。

廣播兀自嗡嗡，我們躺在小艙裡的小床裡面，凝望窗外變化了跟沒變化一樣的江水。

「要去看嗎？」

「想睡覺。」

於是不看神女峰了。

不役於物，無欲則剛。

逝者如斯夫，不舍晝夜。長江上隨船波浪前行的我們活著，明確地在當下活著。想睡覺時睡覺，想說話時說話，想看景時看景，想讀書時讀書。再想睡了，還繼續睡。

那個毫無外界訊息介入干擾的長途旅遊，是我們歷經無數黑暗時光以來的第一次大休息。

●

後來每隔幾年一次的國外旅遊，圖的都是一場大休息。

羅列金錢支出、資訊取得、精神消耗各種成本，找旅行社跟團實際最划算。高職畢業隔年的孤注一擲賭贏了，考進中文系與歷史系，入學的第一個寒假我們跟著小姑姑一家四口去了日本沖繩。四年級以畢業旅行為名，幾個同學結伴同行日本關西。大學畢業後兩年，偕同老室友共遊印尼峇里島。

食物與閱讀共滋養，生活型態逐漸地寬綽有餘起來，研究所時期我們的國內旅遊經驗逐步增長，國外旅遊也轉換為自助旅行型態。

不再跟團了，出國總是飛日本。碩士班就讀期間的二〇一〇年夏天，慶祝若暉的第一輪癌症療程結束，去日本東京。二〇一二年夏天去北海道。再然後就是二〇一四年的九州。

不是九〇年代媒體習稱的「哈日」，也非二十一世紀網路叫罵的「皇民」。我們愛的是溫泉以及溫泉文化。

經驗第一回的大眾池溫泉是在沖繩。專收團客的大型旅館，女湯裡面進出的不只預期中的各國歐巴桑，日本高中女生與韓國高中女生各自群聚，侃侃而談渾然不似光著身子。赤條條的人們自在來去，我和若暉卻羞赧困窘，不知道視線如何安置。幸好近視，安慰自己視野模糊，細節全部看不見。我們看不見別人，也不願別人看見，匆匆洗淨頭髮身軀，躲藏一樣地縮進浴池裡面。

結果卻愛上溫泉。

個人湯一汪汪的小窟狹窄侷限，遊樂型大眾池規定的泳衣穿著束縛肌膚，唯有大眾裸湯令人徹底放鬆。彼時台灣的大眾裸湯幾希，集中在價格高級的溫泉旅館，數量遠不如日本小民宿、大飯店一概常備的大眾澡堂，合併考量旅遊住宿品質與預算，日本竟比台灣超值。從此演化旅行的生態循環，我們去日本，勢必泡溫泉；為了泡溫泉，勢必去日本。

自沖繩以降，浸過一個又一個溫泉池，手腳擺放從小心翼翼到落落大方。時至九州旅行，我們知悉鄰近福岡的城鎮天神有知名錢湯，特地前往與在地人們共同浸泡熱水，浴畢出來姊妹偷講悄悄話：「日本女生的胸部怎麼都這麼小？」「動畫裡都是騙人的。」

時光前行，我們也前行。

往日圖的是大休息，後來才稍微曉得人生在世可以享受，曉得享受無罪，曉得享受的樂趣。

溫泉鄉由布院，民宿名有樂，冬季清晨的露天溫泉杳無人煙，粉雪飄落的氣溫裡大眾池由我和若暉兩人包場。前一天田野小徑走到街道小巷，天光走到天黑，心想這條小路竟然是這麼長的嗎？晨起將疲倦的身軀一寸寸浸進熱燙的溫泉裡面，水壓令熱水裹身，有暖流輕壓胸腹，我們深深地吐出一口長氣。

「由布院還可以再去一次。」

若暉這麼說的時候，我深表贊同。

我想我們可以安排一個更加悠閒的行程，走路更少一點，景點更近一點，預算更高一點……不，說到底，令人氣喘的小路直接包計程車不就好了嗎？即將而立的我們，以我任職研究助理的薪水連同我們的存款，早就有搭乘計程車的餘裕了啊。

●

但我再沒去過九州了。

去的是北海道。

二〇一二年六月，我和若暉碩士論文口考在即，因著一條日本古書文獻，我們去了北海道大學。那是我們第一次的北海道旅行。恰逢大表妹赴北海道大學實驗室短期交換，我們可以借她的套房打地鋪，方便若暉泡在北海道大學圖書館查文獻，順便採買研究用途的日文圖書。我的論文用不上日文資料，隨行負責煮飯。也衝著溫泉。此行主要目的不是旅遊，但札幌近郊的定山溪溫泉有當日來回溫泉交通套票，要價僅日幣一千八百圓，考察工作告一段落，當然直奔定山溪。

那時正值若暉完成癌症骨轉移第二輪療程以後的穩定期。定山溪地形山坡起伏，但我們散步遊覽，腳步如履平地。而札幌的初夏細雨裡我們搞錯地下鐵出口，繞了遠路才踏進北海道大學，穿越草原般的草坪，橫過銀杏大道，為了尋找正確的圖書館走遍校園街道。

我跟若暉同遊北海道，就只這一趟。雙胞胎姊妹旅行如兩人三腳，節奏自由掌控，吃飯走路都隨興，連雨中迷途的回憶都是美好的。

第二趟北海道，是在若暉過世幾個月後的二〇一五年年末。同行出發的是大學好友J，研究所學妹M在北海道接頭。年初即辭去工作，初秋我寫完《花開時節》的第一個初稿，生活空白下來，兼以親友諸多關懷，索性給自己安排一場小小的儀式。若暉碩士論文改寫而成的專書恰正當年出版，我攜著蓋了「楊双子」印章的一本送到北海道大學，辦理贈書手續送進若暉查找資料的那個圖書館。

第三趟就是隔年夏天，我去北大圖書館借出已經編列為館藏的若暉專書，在綠意盎然的校園溪流岸邊扮著鬼臉與書留下合影。那個夏天，就是若暉過世的一週年。

台灣葬儀禮俗送別亡者，出殯以後的兩個重要祭祀在「百日」與「對年」，用以令生者盡哀。百日是三個月餘，對年是三百六十五天。說穿了是人類的經驗法則，科學統計，頭七到七七，尋常人已經面對現實，倘若死別的哀傷直到百日未盡，對年也總該走到盡頭。祭拜儀式專門供人大哭一場，哭罷正視人世。

儀式其實是治療。

若暉的百日，若暉的對年，我二返北海道，把若暉的一部分留在記憶美好的遙遠北國。

我一併去了北國之北。

第三趟的北海道，行程交給留學北地的學妹M安排，共同決議自行駕車歷遊北海道的離島。儘管十年一遇的颱風即將來襲，我們按照原訂規劃從利尻島乘船轉往禮文島，租一輛小車在斜風細雨裡來回驅馳，直到北方之北。是因為颱風的緣故嗎？須古頓岬的強風吹拂，海豹全數匿蹤，入夜後連走出民宿都感覺危險，泡過澡堂以後可以期待的唯獨晚餐。

那頓晚餐我並沒有吃完。

晚餐菜色全是海鮮。生切、煎烤與天婦羅，鮮魚之外還是鮮魚。

年少時代最厭恨吃魚。十八歲去中國，武漢馳名的全魚宴擺開來一個大圓桌，我們沒有一處可以下箸。怎麼知道事隔十數年，我孤身一人居然卻懂得怎麼吃魚了。美味裡咬到堅實的悲傷，我半途就獨自從餐桌上負傷逃走。

●

我記得黑暗降臨的時刻。

三遊北海道，圍繞的是同一個理由。

二返北海道，我也沒有辦法忘懷那一趟九州的旅行。

須古頓岬的民宿房間裡面，浪聲隔著小窗湧進來，向外眺望只是一片漆黑的海洋。入夜的海洋與山野，像是同一個幽冥國度。

曠野風吹如浪，海洋深沉如遠野。

我在須古頓岬聽了一日夜的浪聲。浪聲全是悲傷，寂寞徹骨。

那其實是中島敦的短歌吧。

「讓我變成石頭吧，變成石頭沉入冰冷海裡。」註

凝視須古頓岬小窗外的黑暗海洋，我想起那個片刻。

就是九州的溫泉鄉由布院，平坦田野遠處矗立的由布院山。看完金鱗湖夕霧，回程那個攙著若暉緩慢行走的路途上，天色一點一點地消失了，我回望夕陽餘光，看見由布院山頭的夜幕正無聲降臨，冰冷入髓。

啊，讓我變成石頭吧。

註：中島敦短歌翻譯來自陳佩君所譯三浦紫苑《我在書店等你——三浦紫苑的私房書評集》。

2016.06.24

夢遊記

早晨起來上了一次廁所，躺回床鋪的瞬間就掉進旅途裡面。

那旅途是我三十五歲的生日前夕，彷彿要赴約，走了許多地方，許多路，轉頭才發現你就在身邊跟我四處漫步，我連忙把腳步放慢。

最近活動太多了，為此腳步飛快，有時候甚至得小跑起來，我邁開步伐的同時偶爾會想，如果你在，我怎麼能用這樣的速度走路呢？所以看見你的時候，我立刻就放緩腳步。

路途還很長，我們並肩說笑，慢慢前行，終於你腳步漸漸停頓，像以前一樣露出疲態。我背起你，還繼續往前。

你說這樣太重了，我說不啊，沒問題的。

你說把我放下來吧，我沒有說話，埋頭往前走。

你說找個地方坐下來吧，我才停住，兩個人翻開背包，掏出東西放了一地，也許找水喝，或者是看看放著什麼書吧，但我開始陷入深刻的悲傷，眼淚泉湧出來。

怎麼了嘛。你好像是這樣說的。

我哭著說，這是我的生日願望，可是，快要結束了。

你彷彿恍然醒悟，小聲說果然我已經死掉了嘛。

我沒辦法克制哭泣，心肺裂開一樣地痛。

號哭出聲的那個瞬間，我醒過來，滿臉都是淚水，房間裡有窗簾遮不住的日光，妞妞們聽見我的哭聲而喵喵大叫。

夢裡，為什麼是三十五歲的生日願望？

我完全不明白。

這個夢是應許我的願望嗎？

再過一陣子，就是我三十二歲的生日了。

輯四 寫字

汝讀書敢有讀閒仔冊遮爾認真！

我們是看漫畫學認字的。

最初當然是《小叮噹》，學齡以前就翻爛過那些十塊錢一本的薄薄小書。入學以後，也看圖書室裡成套的漫畫版《中國的歷史》、《世界的歷史》，全套一百冊的圖文故事書《中國孩子故事》。其實有讀懂嗎？我不確定。確定的是同學還在ㄅㄆㄇㄈ，我們早早沉迷漫畫雜誌《新少年快報》、《寶島少年》，間或《龍少年》，哪怕都是一知半解，像是連載的偵探漫畫《金田一少年之事件簿》（永遠解不開謎團）、醫學漫畫《無敵怪醫》（神乎其技的醫學！）、政治冒險漫畫《霸王傳說・驍》與歷史漫畫《影武者德川家康》（到底誰是好人誰是壞人？），也及台灣本土漫畫單行本《YOUNG

GUNS》（該歸類到愛情漫畫還是棒球漫畫？），但這全不妨礙閱讀樂趣。我們的國文造詣奠基於此，中年級起每個新學期翻開國語課本，「生字」那一行我們總是比別人「熟」很多。

成長於一言難盡的非典型家庭，我們沒人管，或者說管得不太及時，不太連貫。監護人不一定等同教養者，但監護人與教養者總同樣不時缺席，放任我們一路讀漫畫到長大。

跟著堂哥看少年漫畫，跟著表叔看青年漫畫——對，也有色情漫畫，那是一九九〇年代，戒嚴不遠，版權時代剛剛來臨，男女私處條條都是黑海苔——也跟著我們爸當時的女友看少女漫畫與淑女漫畫。熱血的《七龍珠》、《灌籃高手》，硬派的《魁！！男塾》與黃玉郎港漫，或者美食漫畫《妙手小廚師》，浪漫古典的《横濱故事》，風靡萬千少女的《夢幻遊戲》，還沒計數恐怖漫畫、搞笑漫畫……單單小學時代，漫畫書單列印出來就可以是一卷滾筒衛生紙。

雙胞胎最好了，我們隨時隨地交換心得，讀書看漫畫都是別人的兩倍樂趣。埋頭閱讀是老僧入定，抬頭交流是開讀書會。爸爸帶我們出門喝酒應酬，我們在旁天馬行空編織自己的漫畫創作夢；三姨婆攜我們進燈光閃爍的舞廳逕自下場跳舞，我們窩去舞廳唯一有白色日光燈的廁所裡反覆輪看僅有的兩本漫畫。兒少時代寫畢業紀念冊，興趣那一欄大剌剌就寫著「看漫畫」。著迷了會廢寢忘食，會忘記開燈，會從坐姿變躺姿，有回某家族長輩來訪，逢我癱在客廳長椅上神遊，劈頭一句教訓砸下來：「汝讀書敢有讀閒仔冊遮爾認真！」我從漫畫裡驚醒而張口結舌，但想不透有什麼道理應該挨罵，在這家族裡我們算是書讀得最好的了呀？

那時我們是聯考在即的國中考生，而我還不知道許多年後有一天，我們姊妹就靠著這些閒仔冊拿到了各自的碩士學位。

國中時代確實是看閒仔冊最多的時候。

「閒仔冊」不單是「尪仔冊」。尪仔冊指向連環漫畫，閒仔冊則囊括小說和漫畫之屬的課外書。讀書必須是進學的正業，正業以外，都是遊手好閒，不分漫畫、言情小說或者金庸武俠小說。一九九〇年代租書店產業起飛，正是從個體戶變成連鎖店的階段，一座座陰暗窄仄的老租書店陳舊書架，逐步蛻變為亮堂堂光燦燦連鎖租書店的系統書櫃。我們躬逢其盛，剛好經歷從租書店手寫紀錄簿到租借電腦化的過程。價格變化不大，行銷策略挺進，租價漫畫一本五元，小說十元，預放現金五百元可租八百元的書，放一千可以租兩千。即使放不起五百一千，看閒仔冊作為鄉下地方國中生的娛樂消遣，零用錢也已經足夠徜徉在書的酒池肉林。國中時代讀閒仔冊最多，或許因著我們初識租書店，就是在那個時候。

此前漫畫都是買賣的。

老家位處大肚山腳下一座凋零了的眷村，年幼消費者實屬稀缺資源，老的或不太老的幾間雜貨店裡唯有「小叮噹」進貨陳列漫畫書（正因它固定陳列出售《小叮噹》才得此暱稱），兩座漫畫出版社業務貨架擺在店外，我們天天去看，看封面封底以遐想這裡邊講的是什麼樣的故事。雜貨店不租書，買不起至少想得起。兩座貨架的書其實少少，老眷村嘛，人與書同樣緩慢流動，久久不見新書，我們偶爾躍上鐵馬輾過三公里的起伏山坡路段，遠赴學區專校周邊那敞亮的書店裡看。一樣，還是看封面，看封底。我們摩挲漫畫的透明封膜，讀遍漫畫前後的每一個文字，以及其上的彩繪人物與背景圖樣，姊妹倆一起浮想聯翩。

時年漫畫單行本六十五元一本，稍後幾年漲價為七十五元，漫畫雜誌《巨蛋小子》一九九四年創刊，頭先一段時期特惠價都是五十銅板價。怎麼買不起呢？父母離異，隔代教養，我們是阿嬤帶大的。別人在「媽媽砸摳」，我們是「阿嬤砸摳」，要兩人攜手羞怯地去問，阿嬤會默許我們從她褲袋裡掏一個十塊錢硬幣，且不是日日都有。其實阿嬤很難，招入家門的贅婿荏懶，原有的家產還遭贅婿酒後賭博所日漸虧空，婚後做了一輩子的泥水工養家活口，臨老偶或打零工，身上總沒幾個錢，下大雷雨的天燒一壺熱茶配豆干，天涼的季節晚飯之後喝一小杯茅台酒，就是生活裡少有的怡情。關於書，阿嬤從來不識字，也不曾看懂尪仔冊，如何買帳？

倒是爸爸一度決定實施零用錢制度，豪氣宣稱每個月要給我們一千塊零用錢，但月頭給了鈔票，月末就問我們剩餘多少能否借他一用。我們的零用錢不是我們的零用錢，該制度在一個月內告終。買漫畫？我們無錢通關，不得其門而入。

幸好後來有租書店了。

更幸好，是在國中的時候。

那是我們生命裡最難熬的時期之一。國二寒假家族聚散，死別與生離，我們真正沒人管了。伸出援手的阿伯負責營養午餐與上學通勤的費用，小姑姑為我們付清早上飯糰店的賒帳。在廚房乾貨堆裡翻出一籃松花皮蛋的那陣子，我們此生首次好認真賞味皮蛋蘸醬油，可能也是第一次留意皮蛋表面的凝脂松花如何開展支脈，儼然欣賞珍貴的藝術品，畢竟那是無數頓白稀飯唯一的配菜了。肉身飢餓，前途無明，今天想不到明天的事，這一秒想不到下一秒。就是餓，連心靈都荒蕪。

青春期的飢餓無解，我們的寄託是閒仔冊。一個禮拜蹺課三兩天，或者放學後走路四十分鐘返家，公車錢一概省下來租書。租價一本五元的漫畫便宜，但一本十元的小說能看得更久，經常一租七本十本，隔週還了再借。我們借時年熱火朝天的言情小說，也借武俠小說。言情小說乍看相似，封面盡是美女俊男，封底文案細讀卻能分辨這本風趣幽默、那本活潑搞笑、再那本纏綿悱惻，沒多久就能掌握箇中邏輯以覓得偏愛類型。武俠則專讀金庸，藍綠色封皮的遠流袖珍版，翻閱順手沒有負擔，跟隨電視劇的播映腳步選讀《神鵰俠侶》、《笑傲江湖》，一併比對原作小說與改編劇作的細節差異。閒仔冊令我們快樂。

蹺課和租書是一種生態循環，蹺課省錢用以租書，徹夜不眠導致蹺課，蹺課了又有餘錢租書……醉生夢死大抵如是，始知閒仔冊也可以醉人。國三時，我們已是訓導室與輔導室的列管名單成員，儘管我們當時不知道。

若暉的導師新婚未久，煮過兩次燒酒雞私下請我們試菜。我的導師也有私下動作，但不是燒酒雞，是問我要不要申請減免營養午餐費。我震愕無語，心底自問肚腹與臉皮孰重？時值國中三年級下學期，課業成績一塌糊塗，入學時交好的朋友普遍都在前段班，而我們身處同學不時挑釁乃至霸凌的青春期日常現場。日本節目「料理東西軍」主持人的聲音響起：肚腹與臉皮，抖幾？

我們選擇了尊嚴。

後來學校安排我們去踢跆拳道。教練贈送道服，積極規劃我們的色帶晉級之路。訓導室的幾個老師一度帶了火鍋材料入道館，烹熟後呼喚我們協助分食乾淨。實際訓導室走道場只在初期，之後全是教練接手。赴道館的日子，教練自掏腰包讓我們去吃切仔麵加滷蛋，鼓勵我們以運動成績保送高中體育班。然而他人手裡的紅色鈔票如此沉重，伸手拿錢的瞬間最難受。我們寧願餓著肚子看小說漫畫，道館就少去了。畢業前夕教練偷偷在我們的課本裡題字，「寧願辛苦一陣子，不要辛苦一輩子。」也許他有一點責難我們不知道好歹吧。

可是他也不知道啊，我們是因為這些閒仔冊才得救的。

因著漫畫小說構築的幻想宇宙，我們才能忘記真實世界的艱困現實。國二下學期的內外交迫作為起始點，考卷上的數字雪崩式陡降，數學、英文、理化到來完全聽不懂，國三數學老師抽號上台寫個練習題，已能心口麻木而臉不紅氣不喘直言：「我連sin和cos是什麼都不知道。」也經常蹺課，窩在保健室裡我們一人睡一張床，等到中午打鐘回教室吃一頓營養午餐，彷彿校園生活就為了那頓午飯。往後可以考上什麼樣的學校呢？考上了的學校，真的能讀嗎？歸根結柢，人生在世是要物質基礎的。若暉說：「根據統計，青少年想要自殺的比例有八成。我們到什麼時候才能解脫？」我說：「畢業以後都會好的。」當然我根本不知道人生會不會轉好。

此時唯有租書店是堡壘，那裡有馳騁各種球場的球員、以各種戰鬥追尋最強之道的少年、掉入各種異世界戀愛的少女，也有金光閃閃的邪佞總裁與情慾浪潮裡翻騰的純潔處女，還及大口吃肉大口喝酒從不煩惱口袋銀兩多寡的江湖俠客，他們總是吃飽穿暖、精力旺盛，人生煩惱永遠不是馬斯洛需要層次理論的最底層需求。書裡的他們歡暢而我們微笑，他們蒙受苦難我們便流淚，他們圓滿結局我們雞犬升天。我們怎麼可能不知道呢，穿越時空是假的，王子與王子從此以後過著幸福快樂的日子是假的，愛情故事和親情故事也都是假的。但租書店是真的。生命如此困頓，尤其需要畫餅充飢。租書店是流著奶與蜜的應許之地，將我們牢牢守護。

——汝讀書敢有讀冊仔冊遮爾認真！

家族長輩說這句話，就是在那個時候。

我張口結舌說不出話來，畢竟我該怎麼樣讓他們知道呢？我們讀冊仔冊不是逸樂，是求生啊。

原來你這麼認真寫小說

孔子十五志學，我十有四而志於寫小說。

初學寫作就是長篇小說，然而腹笥甚窘不易拼湊故事橋段，需要姊妹倆一同激盪創意。可以兩個人合作構思，乃雙胞胎的好處。

國三蹺課在家的漫長時光，我們試著發想一部言情小說。小說怎麼寫？不知道。可是市面上的言情小說讀多了踩雷也多，三折肱成良醫，不知道好小說怎麼寫，至少知道自己的喜惡。我們決計不要男強女弱組合的那種，要女兒當自強，公主向前走。

那就開始吧。

——女主角自幼父母雙亡，仰賴天賦異稟的智商順利長大成人，平時繭居在家，其實是個集團總裁，隔空運籌帷幄。某天警報器鳴響，發現是一名陌生青年闖入並重傷昏迷於豪宅地界，日後醒來則已經失憶。這個陌生青年就是男主角。

喊停。

「失憶會不會太老套了？」

「說的也是，這是什麼八點檔的劇情啊。」

自我吐槽，微幅調整。

男主角實際沒有失憶，由於遭到不明人士襲擊，為求自保假作失憶以便藏匿於女主角的豪宅——雖然想不出來怎麼讓兩個主角感情升溫，但姑且繼續往下推進吧——兩個主角感情逐漸升溫，卻在彼此熟悉後驚訝發現：男主角的父親，就是害死女主角父母的兇手。

等一等。

「殺父仇人這種招數太老了，老到掉牙。」

「確實，感覺是白爛的武俠小說。」

好吧，追加設定，讓故事複雜化。

這個男主角的父親是個恐怖情人，與女主角的母親自小青梅竹馬彼此相愛，卻因為家族政治聯姻必須與男主角的母親婚育，生下了令他厭憎的兒子也就是男主角，並且又在日後發現女主角的母親遠走他鄉婚嫁他人而誕下女主角以後，伺機謀殺了女主角的雙親。本來他也想殺害幼童時代的女主角，卻發現女主角跟女主角的母親極為相似，因而轉念決定以男主角為武器，籌劃讓男主角與女主角在成年後相愛，再來揭穿上一代的恩怨，使得兩個主角為愛彼此折磨——

「這個配角線未免太高潮迭起了吧！」

「也是齁。」

亡羊補牢，不如讓結局前衛一點。

聰慧的女主角老早就調查知悉男主角父親是弒親兇手，看到男主角遭到襲擊昏迷到自家地盤上來，立刻領會這是男主角父親的圈套。另一方面，男主角也知道襲擊自己的就是親生父親，並且從小就透徹認識父親對自己毫無親情之愛，只是尋不到良機跟父親正面攤牌。明知兇手在前，為什麼不反擊呢？原來是兩個主角福慧雙全，即使在恨意中成長，卻充分了解憎恨走向毀滅之路，而寬恕則海闊天空，所以最後他們選擇放下上一代的恩怨情仇，讓愛帶來新生的力量……

阿彌陀佛，功德圓滿。

後來這部小說果然沒有完成。

（非常合理。）

●

小說之為物，何妨戲劇化。作為讀者，我們偏愛情節通俗、激情起伏、歡暢明快的大眾小說。中國網路小說盛行的年代，不分文字粗細，我們視同B級美食大量吞服，儘管飢不擇食有害健康，可是囫圇入肚令人饜足，簡直物我兩忘。

唯獨自家寫作，我不愛故事發展劇烈起伏。我們第一部發想的小說狗血到極點，可能正是太灑狗血了寫不下去。那是十四、五歲年紀，我伏在教室課桌與房間書桌之上，以不同顏色不同規格的筆記本寫了好幾個版本的故事，純手工真功夫，從鉛筆寫到原子筆，自始不曾完稿，直到最後都沒有訂下書名。

（是說那種亂七八糟的小說到底該取什麼書名？）

第一部有始有終完成的稿件，是一部ＢＬ（Boys' Love）小說。高一升高二的暑假，手寫數本綠格子稿紙湊成一大疊，也不明何謂排版字數，土法煉鋼手指點兵，數數粗估有徵稿要求的十萬字，沒留底稿直接投遞言情小說出版社。何等狀況外的孩子啊。如今不記得書名，內容也模糊，大約兩個男主角歡喜冤家打打鬧鬧，捲入一場爭權奪利的陰謀最後平安落幕，好歡樂，太開心，不知不覺任我敷衍了十萬字。兩個男主角是從第一部未完成稿件裡抓出來的人物，姓名幾經更改現在不敢確定，反而三個配角留有印象，分別叫作瑞佛．懷特（River White）、伊斯特．蒙登（East Mountain）、達克．漢德（Duck Head）。怎麼記得？因為這三人剛好對應「白河」、「東山」、「鴨頭」，紀念我們創造角色之際正身在白河吃東山鴨頭。

不久之後我收到出版社的回音：這部ＢＬ小說被退稿了。

（非常合理。）

手寫小說字數已逾六位數，手指鼓起一塊厚繭。時值網際網路起飛的兩千年，我們的高職課程設有「英文打字」科目，中打、英打皆可考取檢定證書。儘管是撥接上網的時代，家用個人電腦的需求已經飛漲。抽屜裡的稿紙還有庫存，我來到原子筆與鍵盤的交岔點。手寫的成本低，打字的效率高，抖幾？

終究我表示我需要一部電腦。

負責財務的若暉衡量存款水位以後批准申請，讓我在高職宿舍裡安了一台桌上型電腦。時年宿舍並無網路，我們也無單機版電腦遊戲，這部電腦徹底一台寫稿以外毫無用途的打字機器。電腦螢幕有個笨重的大屁股，主機沉重而脆弱，我們給這組龐然大物取了個名字叫小白，愛重如寵物。既要輸出稿件，盤算寫作之路迢迢，索性咬牙一併購入噴墨式印表機。

印表機進場的那一天，我們與幾個學妹聯手整治兩三個小時，總算印出第一張測試文字稿。我看著白紙上的墨字，彷彿人類首次目睹火箭飛到外太空，忍不住打從心底嘆服一句：「這就是科技的力量啊！」

科技助我飛行，可是時間如石，一天二十四個小時無可撼動。

我嘗試在石頭裡榨出水分。早上六點半到十二點半麵包店工作，晚間五點四十五到十點五分上課，午夜以前有助學金打工與宿舍幹部的活計。我在下午寫作，涉過肉身渴睡與怠惰的泥河，爬出宿舍交誼與娛樂的流沙，力求Word檔的字元數每天推進一點點。

寫的還是言情小說。鍵盤耕田，開機如儀式，我膜拜小說之神鄭重開啟新稿。

不玩套路，親近日常，這次的男主角是麵包師傅，女主角是咖啡廳老闆。兩人乃高中時代的學長學妹，共同品嘗美食的吃友，純潔情誼滋長之際陰錯陽差分別了，成年許久以後，男主角麵包店開業之際發現隔壁店面的咖啡廳老闆赫然就是初戀情人，重新接起姻緣紅線，解開誤會共結連理。故事如此樸實無華，不狗血，不敷衍，實打實的愛情羅曼史。

此即我首部以鍵盤完稿的小說，取名《獨一無二》，實字數十一萬兩千。檔案存入A槽裡的三點五磁片，隨文字稿件封入牛皮紙袋，我凝神寫下掛號地址的一筆一畫。獨一無二。指的更多是我少女時代的點滴心血。

——可是，小說到底是什麼呢？

我沒有答案。我一部比一部傾向獨自發想，若暉永恆做第一個聆聽故事的聽眾，兼任點評的責任編輯。沒有上網習慣的年代，若暉通常是小說唯一的讀者。若暉同樣沒有答案。

收到《獨一無二》退稿信的那個下午，若暉正在上班，我孤身爬進宿舍的木板床位被窩裡面緊緊蜷縮。小說是什麼呢？我為什麼寫小說？我是能寫小說的人嗎？還應該繼續浪費時間做這種毫無投資報酬率可言的事情嗎？天地遼闊，我在被窩裡面深陷懷疑。我是不是不夠好？是不是不夠努力？是不是沒有寫作的天分？

這些問題我一個都回答不出來。

可是，我想寫小說。

●

「原來你這麼認真寫小說。」

若暉帶有一點驚嘆地對我這麼說。

二〇一五年初夏，若暉進入居家安寧階段。人生盡頭在即，我們重新校對記憶，覆核一切生命歷程，包括交換我們各自的祕密筆記本。那是小學畢業前夕，娃娃阿姨所贈禮物，她叮嚀我們必須要有連雙胞胎姊妹都隱瞞的祕密，國中以後我們不對彼此傾吐的一切都寫在筆記本裡。筆記本不曾上鎖，但我們從不翻閱對方那一本。直到其中一人的生命走到尾聲，不願留下一絲一毫可能的遺憾。

我們對彼此的隱匿不多。與其說是祕密，不如說是排除雙胞胎姊妹以隻身獨立思考的文字紀錄。我的那本第一則紀事在一九九七年十二月十八日，斷斷續續留下筆跡，除卻攸關人事的傷春悲秋，大學期間固定一年兩次的半年度目標檢討暨詳盡的閱讀書單，此外多是創作探問與寫作紀錄。

《愛情大混戰》大綱開稿於二〇〇二年十二月十三日，完成於二〇〇三年二月十一日，三月四日接到錄取電話。這是我第一部獲得出版契約的言情小說。以此為起點，往後每一部言情小說創作的大綱、章節時程皆一一記錄，細節可至明確掌握每個章節的寫作日期。寫作期間，經常塗寫對小說為何物的自問與思辨。完稿後，再行針對寫作過程與時程進行檢討，末了總不忘附帶一個未來期許。

偶有引用未留出處的名言佳句作為精神喊話：「成功是一種意志上的建構，一種精神力量，一個堅持不變的信心，一個無法動搖的抉擇，它與一個人的處境根本無關。」「如果你能全力以赴，就沒有什麼好擔心的，一旦你不再憂慮，你就能得到快樂。」「少年宜使苦，苦則志定。」更多是自我譴責：「我應該要承認，我怠惰了！」「不要再延誤了！」「執行力不足，自制力更差！」「好像有逃避心態的產生，慎之慎之！」也有挫敗的呼喊：「神啊！給我才能吧！」

驚嘆號連連，正向思考有如直銷夢想家，情緒亢奮活像瓊瑤男主角。筆記本裡的少女喝飽心靈雞湯，視文學如征途，雖千萬人吾往矣。

實際也有冰冷沉潛的時刻。二〇〇五年，出版四部言情小說以後接連兩次退稿，紙頁上字跡端正地刻著思索所得：「好像沒那麼適合言情小說了。」往下一篇長長的自問自答，最終拍案底定，轉換一條文學跑道。這就算是開啟文學獎寫作的摸索期了。

親手按下遊戲機的repeat鍵，一切重來，此後的篇章又是諸多搖搖晃晃跌跌撞撞，直到二〇〇八年拿到第一個校園文學獎的獎項——隨獎座同贈的禮物是一疊綠格子稿紙，簡直穿越時空。但日後以那本稿紙所寫小說拿到了我的第一個全國性獎項，這後話姑且按下不表了——筆記本裡多有反省與展望，幾乎全部繫於寫作。小說到底是什麼？我問了再問，從大眾類型到嚴肅文學，一問十數年。

若暉看完我的筆記本，興嘆似地說：「原來你這麼認真寫小說。」

我對這個評語表達驚訝：「我超級認真寫小說，你現在才知道嗎？」

●

出書前出書後，得獎前得獎後，無論寫的是言情小說、文學獎小說，乃至於純粹玩心的動漫二創同人小說，我一概認真無比。

我還以為若暉早就知道我是多麼認真的。我們不是無時無刻不討論那些故事的嗎？不得不參與的各種應酬場合，短中長程的旅途時光，長年累月的日常生活，但凡我們得閒興起了，就接著前回未完待續的故事往下講，也或許重新開啟一個全新的故事。我們以故事自娛，高談闊論架空的奇幻與虛構的冒險，沒有一刻感覺無聊。

最早我們想當的是漫畫家。一九九〇年代初期著作權法頒布，盜版漫畫產業徹底瓦解，台灣本土漫畫迎來東風，漫畫家輩出，出版社廣設新人獎。我們是躬逢其盛的一代，小學中年級便發願立志做個漫畫家，每一張用心的塗鴉都簽上中英文雙筆名仔細珍藏，連年斬獲校內繪畫獎項更令信念增幅。

國中生的我們細讀漫畫教學書，購齊沾水筆墨水網點紙，練習使用G筆圓筆鴨嘴筆，也及如何刮網點、畫效果線。以為整裝出發，國一嘗試參加漫畫新人獎，一度裝病蹺課在家趕稿，終究因為時間管理與技術有欠未能趕上截稿日。寄居家裡的表叔對我們的野心嗤之以鼻：「還想當什麼漫畫家，當漫畫家會餓死！」

我們成為漫畫家的心願悄悄地擱淺了，與本土漫畫浪潮差不多同時摔倒在灘頭。我們是躬逢本土漫畫樓起了又樓塌了的一代，漫畫研究者檢視那段時期，蓋棺論定台灣本土漫畫的九〇年代前浪很快就死在沙灘上。

同一時刻，國中少女同儕熱衷言情小說，讀而優則想要自己寫，其中一個誰說了，大家一起來寫小說吧，四、五名文學少女於是筆耕起來。轉轍器啟動，創作軌道自此轉向，孔子十五志學，我十有四而志於寫小說，就是這個時刻。隔年除我們姊妹外的幾個文學少女全進了升學班，到來只餘我一人寫作，而若暉兼任讀者、編輯、助手與老掉牙資料庫暨老套百科大全，與我合作構思各種各樣的故事。

國三蹺課的日子裡我們盡情浮想聯翩。

財團總裁女主角與富家公子男主角談著峰迴路轉的愛情故事，莊園豪宅裡衣食充足，他們遊手好閒，只須經歷一場注定結局美滿的人生冒險。女主角出場時正在日光室悠然讀書，讀的是美國經典文學《憤怒的葡萄》，男主角寄居時詳細打量過這屋宅裡的豪華四柱床，一派歐洲貴族的奢華品味。廚房流理台是大理石打造，後院備有一汪游泳池，這幢屋宇一天二十四小時開著中央空調。喝，必是咖啡紅酒烏龍茶。吃，必是牛排鴨胸肥鵝肝。我們把有限的中產階級美好想像全部投放進去，用以填補現實裡的匱乏與荒涼。

此路的起點是愛好，初期的動力是心理需求。那麼再後來，什麼原因屢敗屢戰，雖九死其猶未悔？也許是執拗，可能是尊嚴。許久以後想通透了，根源是自我實現的追求。人生太早下墜，我不甘願永遠谷底泥濘打滾。

寫言情小說聽起來是青春期少女圓一個作家夢的天真爛漫，於我是穿透陰霾裂隙的一束光，一絲垂入地獄底層的蜘蛛絲，我願我們能爬出來度過人間的美好日子。

於若暉呢？我沒問過。就像我沒問過，如果你不知道我這麼認真寫小說，為什麼還買一台昂貴卻別無他用的電腦給我寫小說？

●

大學時代，共同有閱讀愛好的同學Q送我一本《梵谷傳》。全書厚達五、六百頁，我和若暉都沒讀完，卻深刻記得文森．梵谷與他弟弟西奧的兄弟情誼。遺作價格高昂的梵谷，有一則廣為流傳的軼事指他生前僅僅售出一幅畫，然則他的兄弟西奧卻永恆做他的支柱，相信那批未受任何青睞的畫作終會獲得藝術面向的肯定，並成為他生活與創作的贊助者。

收到《梵谷傳》是大一升大二的暑假。我的言情小說已經出版了，卻不保證每一次完稿品質都可以獲得出版契約。頭兩部作品，平均寫作時間是兩個月，我想也許可以嘗試專職寫作？若暉同意了，她的薪水足夠養活我們。

「如果你是梵谷，那我就是西奧吧。」

「我怎麼可能是梵谷啊！」

「我也不是很想當西奧啦，你千萬不要死掉了才出名啊！」

我好笑卻無力吐槽。寫言情小說到底要怎樣才能成為梵谷？我那兩部小說同樣用新台幣三萬二的價格賣斷版權，就算未來爆紅也跟我們沒有一根毛的關係。再後來，我的言情小說專職寫作之路並不順遂，勉力支撐了一年餘又回到正職勞動市場。我想我畢竟不是梵谷，若暉也沒有西奧的財力。

但若暉確實是我的西奧。

時至二〇一五年夏天，我們合作一部長篇小說正寫到中途。

這部小說是我們實質意義上的共同作品。不再停留於協力發想，分工為若暉負責文獻考據而我執筆寫作，目標投遞時年廣宣徵稿的第一屆台灣歷史小說獎，為此我們二〇一四年五月便進入籌劃階段，歷時已經一年。徵稿簡章明定必須單一作者，我們商量取個共同筆名，比如阿嬤給我們號名的「招財進寶」？姓名頭二字相同的「楊若」？保留名字的「楊慈暉」？周折來去，關鍵在保留姓氏和雙胞胎色彩，定調「楊双子」。要用正字「雙」還是簡字「双」？決議「双」，如果小說版權能賣到日本，一看筆名就能猜到是雙胞胎了。又要很久很久以後我領會，「双」字選得真好，看上去彷彿兩個人並肩而立。

可是那個夏天，「楊双子」還孵在苗床。

長篇小說全部二十個章節，我在若暉的安寧病房裡寫完第十一個章節，卻也止步在那個章節。我們往家裡安置了氧氣機，捨棄無效治療，轉入居家安寧。若暉的居家安寧頭尾總計十二天，一天比一天睡得多，實際是昏迷，是走向生死邊界的過渡階段。生命倒數計時，但沒有馬表，有刀懸在我心頭，不知道什麼時候落下來。每天我開著Word檔，只能瞪著白光閃耀的螢幕恍惚度日。

小說的那一章是〈二葉松〉，主角雪子遭遇家族重大打擊，隔天在校園遇見摯友早季子，因為內心動搖而稍微舉措失儀——「小早，小早。雪子忍耐了又忍耐，才能夠以牙齒咬住想要脫口而出的呼喚。」忍耐了又再忍耐，無時無刻不用牙齒緊緊咬住痛苦呼喚的人，其實是我。早季子對雪子解釋二葉松：「二葉松呢，每片樹葉都是兩根基部相連的針葉組成，生長的時候是二葉，凋零直到乾枯也不會分離。」二葉松的生死不離，是我的想望。

若暉偶爾醒來，問我小說的進展，回應我對歷史細節的疑問。

她這麼說：「你一定要把小說寫完喔。」

我也就這麼說：「我會努力趕上截稿日。」

「你不要隨便死掉喔。」

「我不會隨便死掉。」

「這部小說完成以後會紅的。」

「你才看了一半欸。」

「會紅的，你真的一定要把小說寫完。」

當時電視劇正在熱播本土歷史劇《春梅》。若暉說：「這部小說改編拍成電視劇的話，會比《春梅》好看很多。」

那一年夏天，我沒心思看《春梅》，Word檔擱置到炎夏，慢慢地重新拾起小說進度，像抓著繩索攀上山壁，眼睛只朝著一個方向，趕上第一屆台灣歷史小說獎的截稿日。但它沒得獎，連入圍決選都沒有。初稿虎頭蛇尾，我不意外，也沒有遭受打擊。後來我投遞國藝會獲得補助，以一年時光重修補寫，再後來，它在二〇一七年底出版，書名是《花開時節》。

——這部小說完成以後會紅的。

有這回事嗎？可能要看定義。但是「楊双子」至此，真的可以專職寫作了。

●

我不知道梵谷有沒有問過西奧，你為什麼一直相信著我？

至少我沒問過若暉，你為什麼一直相信著我？就像我也從來沒問過若暉，如果你不知道我這麼認真寫小說，為什麼願意當我的西奧？

因為愛是盲目。

而若暉始終對我盲目。

2017.02.17

我只要你好好的

為工作需要而讀書，向來對我不是苦差事。昨天卻失眠，讀進腦袋的資料構成迷宮，半醒半夢繞來繞去，午夜一點躺上床鋪，不知道幾時才在腦海迷宮裡疲憊睡去。

其實完全不是什麼令人煩惱到睡不著的工作，也不是消化困難的資料。只是以前跟你隨時聊完收工，可以打包放下，一點不帶進睡眠世界。

昨夜確實睡得不好。幾次醒來，天色還灰暗。

一次掉進夢裡，整個家族的人都在，彷彿初一的家族旅遊。
內心紊亂，感覺無處可去。直到終於看見你。

總覺得好久沒有看見你。
我不知道從何說起，只能繞著窄仄的房間不斷地走。
我以為我在那小小的房間裡會哭的。

「你覺得怎麼樣？」
「現在的我真的可以嗎？」
「如果是你的話，會希望我怎麼做？」
這些問題我一個都沒有問出口。
你卻態度自然，輕鬆微笑，好像我走著走著什麼都說了。

我倦極了。
你於是起身提一大罐水瓶放到我手裡。

（暗暗驚奇了一下，你如今居然可以提這麼重的東西。）

那是示意我喝水吧。

準備往嘴裡傾斜水瓶的時候，光線折射水瓶上一行透明如霧的文字。

只要你好好的

我瞪著那行字，忽然哭起來。

一哭就醒了。老樣子，醒來發現臉上都是淚水。

天色已經放亮，樓下的老人們閒聊聲浪陣陣上傳。

（所以應該是早上七點吧。）

把那句話再三咀嚼。擦乾眼淚，復又睡去。

今天也要努力好好的。

輯五

睡覺

肉身使用期限

蛀牙

夏天來臨之前，發現右側下排的最後一顆臼齒蛀了。

並不太痛，喝冰水也無劇烈酸麻。某個尋常片刻，舌尖舔到一點異樣，以為是卡著菜渣什麼的，伸指頭進去一摸，一個小小的凹洞，心裡詫異：竟然是蛀牙。怎麼會是蛀牙？

我驚訝，我是那麼認真仔細在刷牙的人呀？

我們是蛀牙怕了的。國中時代的臼齒一蛀蛀到高職時代，健保鎖卡亦無錢求診，小痛到大痛，大痛到不痛，神經蛀蝕完畢，齲齒碎成嘴裡的哥德式建築，且不止一座。又不是建築師，我們再不想蛀牙了，自此謹慎保持口腔清潔習慣。若暉癌細胞轉移骨頭，唯恐牙齒牙槽遭受牽連，每三個月一次定期檢查，竟然發現她一口牙齒堅硬無匹，診間牙醫師無不稱讚。

如今我的蛀牙事實卻擺在嘴裡，不宜回想當年勇，拖延許久，終於夏天結束之前去了朋友推薦的老牙醫診所。照完X光片，坐進診療躺椅裡面，老牙醫比劃片子上的牙齒黑影說：「這顆是蛀牙。」我說我知道啊，我是來補這顆牙的。老牙醫卻搖頭，建議直接拔牙。

「這顆是沒有用處的智齒，補牙也會再蛀牙，不如拔牙比較省事。」

智齒——原來就是傳說中的智齒。

我在躺椅上震驚愕然。我居然，年過三十以後，長了智齒？

創傷

都說蛀牙不是病，難道歸類創傷？

就想著，人生在世，誰沒有蛀牙。也人生在世，誰沒有一點傷。

心靈情狀無法目視，我說的只是肉身。

我和若暉從小就是四界奔馳的野馬，不免磕磕碰碰。老家形狀曲折，小時候摸黑走樓梯搶快，經常連滾帶翻地摔跤。家有兩條樓梯，我們雨露均霑。樓梯摔完頭上腫包，只是或大或小的區別，但沒流血，屬於小事。

腫包會痊癒，已經多不計數，我們各留有幾條縫針或者不縫針的疤。

若暉疤痕尤其多，肉身歷險無數。比如爸帶我們去溪邊玩水，她赤腳踩到溪床裡足令水流染紅的銳石。比如野外玩丟石頭，我一丟出去不意砸腫她的額角。過年時節村裡孩子們以鞭炮交戰，敵方的水鴛鴦丟過來剛好炸破她手臂皮膚。公園角落廢棄一座電動街機的空殼，玩耍時她躲進裡面，玩伴作勢恐嚇掀起玻璃面板往下一摔，玻璃應聲碎裂直接插進她的大腿。去盪鞦韆，擺盪中途鉸鏈夾下手臂內側的一塊小肉。全乳切除的外科手術，疤痕斜斜橫越整個左胸。

我的狀況相對輕微，而且童年傷疤經常肇因閉眼玩鬼抓人，不管不顧的暴衝導致腦門直撞牆角，或者膝蓋狠撞石製花盆，或者從一塊田地摔到下方半層樓落差的另一塊田地，全是自討苦吃。（到底是多麼堅持玩閉眼鬼抓人？）幾次疤痕短暫停留三年五年，終究淡去彷彿不曾受傷。

倒是也有一個手術後的大疤。

我說的是我頭頂正上方偏右側的一塊坑洞，五歲時留下的疤痕。那塊形狀狹長的凹陷處沒有頭髮，也不生長頭皮屑，是一座我測量雨量的小小水庫，暴雨時就在頭頂盈滿雨水。

起先也是摔倒，年紀太小重心不穩，好端端坐在張日興雜貨店外的橋面欄杆，不知道怎麼地往後摔進一層樓落差的河床。頭破臉也破，頭頂、頭側、眉骨都留疤，沒問過縫了多少針。唯獨頭頂那個傷口沒有處理乾淨，細菌感染組織壞死，第二次手術刨掉一大塊頭皮，腦殼往下凹了小半個指腹的深度。

疾病

也想人生在世，誰沒有病。

同樣說肉身。

我的都是小病。胃痛經痛偏頭痛，汗疱疹與口唇疱疹，再及富貴手。小病不危害性命，痛起來令人盜汗蜷曲，不痛也心煩焦躁。富貴手最是煩中之煩，十指龜裂出血，痛癢攻心，反覆復發。曾問皮膚科醫師，富貴手有沒有根治的方法？醫生說有。請益之。醫生曰：「嫁個有錢的好老公，將來十指不沾陽春水。」大怒而去。

——沒有，開玩笑的，皮膚科門診裡我沒有大怒，只是心想這傢伙說的是什麼廢話。那年我十六歲，生活缺衣少食，抵禦寒流的冬被是從九二一震災賑濟物資裡撿來的，連自己喜歡的是女生這種性向之事也無暇理解。

窮就是病根。我的小病確實多是富貴病，多睡眠少做事，壓力輕營養足，只須做一個富貴閒人，上述八成病痛可以不藥而癒，可惜至今不曾斷絕疾病之根。

但小病是不幸中的大幸。相對我，若暉一病就是大病。

二〇〇九年五月開一個纖維瘤的小手術，十月同位置摸到不規則的鼓起，一經診斷已經是乳癌第三期。外科手術左側全乳切除與淋巴廓清，右邊鎖骨下方埋入人工血管，此後無數次治療與檢查，抽血與注射，服藥一日不斷。癌細胞首先轉移皮膚，然後骨頭，最終肺臟，一步一步走到肉身的曲線谷底。

所有創傷與疾病，記述文字總成涓涓條條的流水帳，實際體驗是行過無水的沙漠，空氣稀薄的高山，每一步的體感時間皆漫長無比。

「總覺得我的右手臂有點可憐。」

那段逐漸下探谷底的長路途中，若暉忽然這麼說。

左側手臂的淋巴廓清之後，從此所有醫療行為前都要說個通關密語：「左手禁治療。」抽血、注射、輸血全在右手，以致血管下沉，手臂慘白，幾度醫護考量由腳板抽血。

「大家來探病都說我很可憐，我以前沒有體會。剛才回想右手這幾年打了多少針，就覺得，啊，我的右手還真可憐……我在想，這就是別人看我的感覺吧。原來是這種感覺啊，憐憫的感覺。」

定量

肉身是有使用期限的吧。

大表妹提起過這樣的理論：「人類的一生，做什麼事情說不定是有定量的，像是站立、走路的總時數到達臨界點，人就會死掉，這樣想想應該要多花一點時間坐著。」於焉我們反問：「那如果坐著的總時數也有定量呢？」——結論，人當死，就會死。

肉身終歸有使用期限，各人長短不一。

同卵雙胞胎是差不多同個時刻出生的，肉身使用期限卻並不一致。

谷底的日子裡，我在昏迷的若暉身邊念無數次《藥師琉璃光如來本願功德經》與《般若波羅蜜多心經》，迴向給若暉。

癌細胞轉移骨頭與肺臟，使若暉可預期的死亡走向兩條路線，一是肺臟腫瘤導致呼吸停止，一是血小板過低自體性出血在腦部而腦幹死亡。腦死是好死，我祈願若暉相對舒服地死。但許願如果真的有效，我何不直接折一半壽命給她？

無心做事，不如念經，我同時祈求兩個願望。

是意念一分為二，不夠專心致志嗎？我的兩個願望同時落空，若暉最終病逝在痛苦的呼吸衰竭。

人一生做何事有沒有定量我不知道，但我知道我一生念佛經的次數，自此是到了定量了的。

災厄

無法呼吸的死亡，是接近溺水的感受嗎？

我沒有死過，水難則有一二。

五歲從橋上倒栽河床，算是第一次。若暉跟我坐在同一條橋面欄杆，見我在橋底血流滿面嚎啕大哭，立刻哭著回家找爸媽。爸從家裡飛奔而出，到達橋面並不攀梯，直躍而下，一把將我抱起。當時水流不豐，幸運沒有溺斃。

再後是八歲。同學贈我一顆塗了水彩的石頭，我雙臂合抱石頭路經田邊大圳，一時失手讓石頭滾地，心急追逐而與石頭一起落水。圳水豐沛，雙腳觸不到底，我緊抓圳岸邊叢生的雜草，還是若暉去喊人救命。

九歲十歲十一、二歲，掉進水溝是常事。

實質接近溺水的一次，是二〇〇九年的夏天，二十五歲。若暉尚未罹癌，我們爸攜我們與小表妹進南投鹿谷的山裡釣魚，選了內行人去的釣點。內行人的釣點隱密幽深，沿途杳無人跡。我們全副武裝進山，T恤外加長袖外套，牛仔長褲套橡膠雨鞋，一人一支釣竿。泥土地一路延伸轉換為石頭錯落的野徑，不久會看見一汪直徑十幾公尺的大水潭，要越過水潭，只能走山壁邊緣那條一次僅容一人通過的窄路。

我在那條窄路上的柔軟泥濘陷阱裡中伏，失足滑入水潭，一滑就幾公尺遠。浮力讓我直起身子，而後吸飽水分的衣物令我下沉。直覺試著踩底，發現有底，就吸一口氣奮力一蹬。但身子沒有浮起，雨鞋連著腳一起深陷潭泥。試著出力對抗潭泥，雨鞋紋絲不動，果斷把腳從鞋裡掙脫，至此肺部氧氣瀕臨用盡，手腳拚了全力把身軀往上推動，總算浮到水面。

也就聽見聲音了。

「你會游泳，不要怕，你可以的！」

在山壁旁邊精神喊話的我們爸是獅子王嗎？

我不可以！我不行！

當然我什麼也喊不出來。溺水的人無法講話，也不會出現什麼慌亂拍水的激動姿態。溺水很安靜，望周知。

我重新一寸一寸地沉進水裡，只能盡力往水面伸出手指表示位置。水裡我閉氣，並不感覺死亡逼近，只是無法呼吸。就只是無法呼吸。小心不讓呼吸岔氣，岔氣勢必溺水。但我完整的靜態閉氣紀錄不超過一分鐘，載浮載沉之際也沒機會把氧氣吸飽，到底能撐多久？

也不知道經過多久，獅子王最終判斷我是浮不起來的，下水把我拉上了岸。

真是差一點就死掉。

沒有人生走馬燈，沒有瀕死體驗。上岸以後才後怕，要是我讓若暉眼睜睜看著我死掉呢？那未免太殘酷了。

孰料後來人生際遇卻相反。

居家安寧期間，若暉的手指式血氧計指數一日一日探底，呼吸困難如身處高山，如身處深海。有人說，肺轉移的死亡，就像溺水之死。

我與若暉交換了關於溺水的理解，是嗎？那像溺水嗎？

若暉沒有經驗過溺水，我沒有經驗過肺轉移，無從導出共識。

倒是有個結論。

若暉說：「你以後不要去水邊了。」

親不知

所謂智齒，是成年後長的牙齒。名稱由來是這最終一套恆牙的生長時期，恰在成年前後幾年，此時所長牙齒，是智慧到來的象徵。而在日文裡，智齒叫作「親不知」（おやしらず），意指雙親不知道的事情。成人以後生長出來的牙齒，父母自是已經不知道了。

這個詞彙簡直有詩意的悲傷。

肉身是有使用期限的。

人類肉身的保固期限或許是三十年。

年過三十，是尤其明確的分界點。並非單純的新陳代謝下降，而是這副軀殼前三十年生活型態累計的一切，此後將逐一浮現所有後果。運動保健能夠減緩速度，然而年過三十，就是踏出第一步，體脂率上升、乾眼症、坐骨神經痛、足底筋膜炎、腕隧道症候群、睡眠障礙，不一而足。同年齡人多是年過三十才有感，我也是。

若暉走在三十一歲生日前夕，我獨自一人經驗了三十一歲到三十六歲的這五年。若暉走後的第三年，我發現左側髖骨與左大腿骨交接處有異樣的疼痛。赴骨科診所檢查，骨頭沒有物理上的問題，熱敷電療半年無效，轉向針灸，再無效，改徒手推拿，歷時一年半沒有找出癥結。病灶不明，但坐著痛，走路也痛，睡眠翻身都能痛醒過來。

直到找對物理治療師。說是這左腳受過衝擊之類的傷，大腿骨往內旋，以前有肌肉撐住不致疼痛發作，這兩年肌肉量少了才出現毛病。

受過的什麼傷？我立刻領會，是少女時代練武受的傷。

彼時內心震顫，不下於我知道長了智齒。

其實是同一個道理。

關於我肉身的病痛之變，若暉不知道。

都是「親不知」。

衰老

今年滿三十六足歲了。

這大半年感覺視線模糊，推測是度數變化，也猜可能是眼鏡磨損。去了眼鏡行驗光，知悉眼鏡鏡片不是磨損，而是脫膜。但磨損或脫膜都不重要，重要的是我近視度數下降了快一百度。

近視度數下降一百度也不是最重要的。我問驗光師：「這是十年來我第二次近視度數下降，難道近視眼會好嗎？」驗光師表示近視眼並不會康復。問明前因後果，他如此這般解釋了度數可能下降的各種原因，我躊躇片刻後說：「我懷疑是老花。」驗光師說不太可能，想想又說：「那你要驗驗看嗎？」

——結果，對，早發性老花眼，一百二十五度。

當場配了近視眼鏡與老花眼鏡。驗光師小心翼翼，把老花眼鏡稱呼為「看近的那一副眼鏡」，唯恐刺激一名三十六歲的女性。

我並不排斥衰老。衰老是人生必然，是肉身使用期限內建鬧鐘的再三提醒。我自也不是樂於迎接衰老，只是若暉連老去的機會都沒有。

她停留在三十歲，我的肉身則注定一年比一年磨損。舊傷逆襲，萌發新齒，老花早發，關於我這副肉身所有的種種創傷，疾病，災厄，衰老，那些定量或者不定量的劫數，若暉是真的再也不會知道了。

戴上生平第一副老花眼鏡，電腦前我心想，老花算是病嗎？而我那顆不算是疾病而蛀蝕的智齒，實在也是時候該去拔掉了。

真的不說了，晚安囉

2015 WEEK23
06.01
中國醫住院檢查
《花開時節》CH11開稿
06.03
信德中醫取水藥
Z師探望
06.06
出院

06.07
急診
血小板一萬二

2015 WEEK24
06.08
安寧門診
媽探望

06.09
回老家
Y師探望

06.10
中國醫居家護理
學姊、C、Y、J探望

06.11
Y師探望

06.12
教官探望

06.13
居家護理師來訪
換藥：嗎啡
開始長疹子、癢

06.14
基本上不再進食了
疹子擴散至上半身全處，擦藥才能安睡
咳嗽加劇、難受

2015 WEEK25
06.15
疹子擴散中、咳嗽加劇
服藥噁心、嘔吐

06.16
居家護理師來訪

換藥：安眠效果加強
疹子退了，可能是對嗎啡過敏
血氧八十五以下

06.17
站起無力、摔倒
只能吃流質及幾口蒸蛋（中午）
已很難清醒（可能是藥物效果）
血氧降破七十五

06.18
無進食、喝水減少
早晨六點半吃藥後不再服藥仍昏睡
仍堅持起身如廁，但已全身無力
血氧降至四十以下，然部分時候回升至七十
晚間八點多解便（之前已四、五日未解），解便有血

06.19
午夜十二點二十六分離世

離開安寧門診後，我買了麥當勞回家。麥當勞吃的什麼滋味，已經不記得了。當晚我坦白安寧門診裡聽到的一切，若暉絲毫不震驚，原來當事人早就心裡有底。壽命以日計數，哭完了我們必須務實面對。

這個世間有個常見的假設：如果生命只剩三天，你要做什麼？

事實是若暉身體機能直墜谷底，飲食已無生趣，活動基本停擺，精神如魂魄，正在點滴逸散。生命最後的最後，我們能做什麼？

「我想回家看看。」

租賃的小公寓裡若暉這麼說。

我說，我們不是在家了嗎？

若暉說不是。「想要回成功嶺看看。」

於是安排隔日返家。

那是我們最痛苦的一次返家。

癌細胞侵蝕骨頭與肺臟，血氧不斷攀低，若暉依賴供氧系統才能走路，否則劇烈咳嗽呼吸困難，難受如酷刑。爸與小姑姑小姑丈支援，先赴醫院周邊租一支氧氣鋼瓶，豈料店家能租的已經全數租賃出去——事情很單純，這間沒有，找下一間租就好了，可是那當下我心頭分秒都有油煎火燒，按照安寧門診的說法，若暉很可能等不到隔天，不，在租處等待的若暉，完全可能下一秒就在我沒看見的地方，在等待著我的情況下死去——或許是我面露痛色，店家忽然開口：「我拆一支全新的借你。」

我的體感時間劇烈震盪。取得氧氣鋼瓶，回租處接若暉。若暉走路困難，從租處二樓一階一階下行，走過汽車無法通行的住宅窄巷，上車，我們爸開的工程用廂型車從台中市飛馳往烏日老家，再快也要三十分鐘。

氧氣鋼瓶依據流量，可供氧三個鐘頭到五個鐘頭。我焦急而苦澀。時間好快，時間好慢。盯著氧氣瓶的指針前進，懷疑這能撐三個鐘頭嗎？胸口撕裂，彷彿鈍刀前後拉鋸，卻分秒如年。

回到老家，我們沒做什麼。

車子停在水圳的橋邊。下車，走過那一條令我摔出腦門凹洞的水泥老橋，下坡小徑進家門，越過我們舉辦生日烤肉派對與家庭節日辦桌的庭院，兩道家門當中選一道，進的是家庭麵包工廠剷除後新造的白色磁磚客廳。

老家主體建築是阿嬤親手打造，泥水匠四處湊合，蓋出一座宛如迷宮的畸形透天厝，唯有新造客廳單獨興建有了完整的矩形。說新造，是我們小學中年級的事情，親眼看它原先的鐵皮屋頂與泥土地板，刨根剷除改為磚造小方屋，上水泥，再貼地板磁磚，再上牆壁油漆，蛻變成閃閃發亮的新客廳。細想能回憶起磚造空間水泥徹底乾燥以後的混凝土氣味，倏忽就過去二十年。

客廳往內走是廚房兼餐廳。童年圍爐，阿伯會在大圓桌底放一盆燒紅的炭火，真真正正的圍爐。爾後各個小家勞燕分飛，大圓桌換成小方桌，再不圍一個小盆爐火了，聚餐仍然聚餐，廚房還是廚房。阿嬤在世未病以前，日日清晨五點進廚房滾一鍋生米做白糜，醬油煎板豆腐，偶爾是辣椒炒菜心與四破魚乾，常備罐頭醬瓜、土豆麵筋與豆腐乳。自阿嬤起始，我們爸，阿伯阿姆，大姑姑小姑姑，多桑與我，煮飯做菜都在這個廚房。

再往內走，途經老家這一側的浴廁。阿嬤生兩個兒子，當初著想一個兒子一個家，兩家拼成一棟，才有老家一棟裡有兩個客廳、兩個浴廁、兩條樓梯的設計。廚房是核心的公共空間，浴廁則壁壘分明。這一側的浴廁早年歸屬給我們爸。我們童年洗澡太久，爸的女友會衝進門內甩我們橡膠水管。也是同一個我們爸的女友，在同個地方教會我們自己洗頭。青春期的我們，在不同時間點的同一個馬桶上，發現初經來潮。

浴室裡牆面貼的白磁磚在九二一地震以後有些裂痕，磁磚貼成的圖樣依然色彩鮮豔。圖樣是公雞母雞帶兩隻小雞游水，還不識字的幼年我們以圖樣自我辨識，公的是爸，母的是媽，我們是那兩隻一模一樣的小黃雞。年紀及長才知道那圖樣也是一種寄寓，而所有寄寓大半因為現實難以成真，現實是母的那隻可以輪換，不必然是我們媽。現實還是媽離婚，爸出走，若暉也屆死別。再更長才知道，那不是雞，是鴛鴦。我們浸在浴缸裡面指畫牆壁上的一家子雞，是好久好久以前的事情了。

越過浴室再往裡面去，是阿公的房間。

入贅女婿的房間就只是一個床位，實木搭成床台，床台上橫放一個四層櫃權充衣櫥兼收納空間，牆上內嵌的一個壁櫃收著阿公僅有的幾樣家當。將將一坪的空間，還留一部分作走道，走道旁一個落地的五斗櫃，往年放的全是我們的衣服。壓抑的阿公時隔一段時間引爆一次，每年幾次爛醉十天半個月的日子裡大吵大鬧，把該爭回來的存在感一口氣補齊。鄉人親戚們叫他「悾歹仔」（khong-pháinn-á），說他犯的毛病是「桃花痟」，二十一世紀以後全家才知道那是躁鬱症。阿公影子一樣折疊在那個角落裡面，安靜地送走阿嬤，再要送走他第一個離世的孫兒。

往裡更進去是阿嬤的房間。

相較阿公，一牆之隔這邊寬敞許多。奇妙在阿嬤房間是全家唯一沒有對外窗的空間，終年終日的幽暗。我們還需要人哄睡的年紀跟阿嬤睡同一張大床，睡前故事阿嬤常講的是「虎姑婆」，唯妙唯肖模仿虎姑婆吃弟弟的手指頭「喀哩喀哩」作響，把我們嚇出一身冷汗。阿嬤滿意地說，小孩子要把棉被蓋到脖子，只露出一顆腦袋，虎姑婆過來看見這床上怎麼擺著兩顆頭，會當場嚇得屁滾尿流。原來是以毒攻毒，以恐怖制恐怖。我們乖乖照辦。

阿嬤的床是我們的童年。

小學入學以後我們不跟阿嬤擠一張床了，搬到二樓我們爸的房間睡上下鋪。冬季寒冷貪睡，要是我們換好制服了還有時間，就偷偷縮進阿嬤那床棉被裡面睡五分鐘；家裡多數房間不是矩形，床鋪與牆壁總不密合，門板後面多有一小塊空間，暑假玩躲貓貓，經常躲阿嬤房內的幾個夾縫，也能躲進阿嬤的簞笥（たんす）；第一次跟著我們爸學喝高粱的五年級，當晚阿嬤照看我抱著馬桶吐了一夜，隔天宿醉不上學的白天，我在阿嬤的床裡補眠。

阿嬤的床是母親的床。家裡人午睡、閒聊，都在阿嬤的房間，即使阿嬤過世了以後也沒有改變。我們還叫那個房間是阿嬤的房間。幽暗房間長壁癌，我們返鄉讀研究所的那幾年，家裡終於給阿嬤的房間開了一扇窗。

光線仍不明亮，至少有風穿透。我們跟著風穿越阿嬤房間，經過在那一側的浴廁。

以前那是歸屬阿伯阿姆堂哥堂妹一家的半邊。他們遷出的許多年後，老家人口更迭，大姑姑一家進場照顧阿公與這棟老厝。我們讀研究所住老家的那幾年，大姑姑一家用我們與爸原住的半邊，我們用阿伯一家的半邊。研究所生涯與若暉癌症治療時期，洗浴都在這裡。若暉外科手術後插著引流管，這個浴廁裡我幫若暉洗頭洗澡。引流管的抽吸球蓄滿膿水，俱隨馬桶水一沖東流。

浴廁過去是樓梯，樓梯過去是客房。早年大表叔寄居先住這間，眾人離散以後搬到二樓，直到他終究遷徙。客房也是躲貓貓的好去處。我們童年想躲去一個暑假返校日，偷偷把自己藏在客房的床頭櫃裡面，十分鐘就悶得受不了，比返校還受苦。

若暉病後，為了如廁方便，我們從二樓往下移動，把客房住成臥房。房間有兩個對外窗，一個朝防火巷，一個朝庭院。那幾年我們餵養浪貓，有隻三花美貓固定每天上午九點、十點喵喵喵地從外面奔進庭院，跳躍直上房間面向庭院那扇窗，朝裡喵個沒完。我們掀開窗簾，隔窗與貓對喵，喵完了輪流起床餵貓。再度離鄉時想帶走美三花，牠卻在小公寓裡適應不良，只好放回家鄉。事後牠再也不來討食了，我們每想起就心碎。

再過去就是老客廳。在新造客廳出現以前，三代同堂幾個孩子打電動、看電視、玩要塗鴉都在老客廳。傳接棒球時擊碎酒櫃玻璃，錄影帶有時在紅色汽車造型的倒帶機裡卡帶，我們一起在客廳裡傻住想說完蛋了。其實錢能解決的事情都是小事，這個道理長大了我們才明白。

阿伯一家搬遷後只需要一個客廳，舊客廳淪為倉庫，直到我們讀研究所時改造成書房。我們在那個書房寫完碩士論文，做過幾本動漫畫同人誌，討論無數故事，發夢無數願望，也在那裡做外科手術後的手指爬牆復健，喝遍各個中醫診所的難喝水藥。就讀高中的小表妹隨我們在書房裡讀書，讀小說，看影片，彈吉他，熟知我們的起居作息和工作內容，見我們網路漫遊，隨時突襲一句：「啊不是要寫論文？」

舊客廳新書房，門打開出去就是庭院。家是一個圓，走完像是畫一個句點。

但還沒走完。

我們推著氧氣鋼瓶走，若暉緩慢仍然氣喘。得回頭，從書房折回穿過臥房，在未及浴廁之前向上登梯。上二樓，樓梯抵達處是個開放式的不規則空間，國中時代是我們的書房。兩架書桌並列，牆壁仍然留有縫隙。時光都落在縫隙裡。畢業後離家許多年書桌朽壞，最後清運，研究所時代擺進電視櫃與一座雙人沙發充作電玩間，我們在那裡打電動，打了無數次的SS《吞食天地II：赤壁之戰》與PS無雙系列的遊戲片。

往右走，先接神明廳，對應的下方是舊客房。兩盞紅色的神明燈在深夜叫人心生恐怖，白天凝望神明畫像卻令人安定。成年以後，我們爸有一年忽然認真囑咐我，以後神明拜拜的事情要交給我了。阿嬤的兩個兒子裡阿伯從阿公姓，爸從阿嬤的姓，爸沒有兒子，家裡原應由我繼承香火，可能是這個緣故吧。我們卻一再離鄉，跟他一樣。神明廳有個對外門，可以通向曬衣服的陽台，也許有意為之，祈願對神明祖先所訴說的話語能夠直達天聽——如今想來效果並不是很顯著。

阿嬤在世時神明廳永遠一塵不染，日後我們發覺對外門敞開半天，就會累積薄薄一層的飛沙。三代同堂的童年，大年初一我們舉家在神明廳裡吃早飯，成年以後的大年初一，地板總是染黑所有人的赤足與襪子。神明都怎麼看待這一切呢？

再過去是阿伯阿姆一家的臥房，對應樓下的舊客廳。童年的早晨經常需要敲門叫堂哥起床，他每天都有起床氣，學乖了我們敲完門喊吃飯就溜走。大學畢業返鄉，我們原本住的是這間，住著才親身領受這房間冬天冷夏天熱，阿嬤蓋的到底是什麼格局？若暉罹病以後我們下遷舊客房，那間冬冷夏熱的臥房改作新客房。客人都是親戚，客房是逢年過節聚會之用，天氣冷暖要概括承受。

六月的我們走進去，房間果然熱烘烘。連這熱烘烘的空氣都有點令人懷念。

走進這臥房，就是迷宮的死胡同。必須折返，越過神明廳與電玩間，樓梯的另一邊方向是銜接這個老厝的連接點，一個鋪上木頭架高、兩坪半大小的仿造和式房間。我們童年三代同堂的人口高峰期，是大姑姑離婚又再婚搬進這個房間的那幾年，這小房間容納了大姑姑一個小家。

大姑姑一家與阿伯一家是同時間搬走的。我們姊妹倆隨後進駐，生平首次擁有屬於自己的房間。看漫畫、畫漫畫，讀小說、寫小說，我們創作的啟蒙期全在這個房間。烙印青春期記憶的國中時代，這裡是堅實的堡壘，也是困龍的淺灘，我們想望未來，同時並不敢奢想。我們編織夢想，也在現實裡寸步難行。後來這間房間住的是小表妹，青春期的小表妹在這裡著迷過彈吉他、歐洲樂團、世界盃足球賽、日本偶像團體，學會英語、西班牙語與日語，可能也在這裡喜悅，在這裡悲傷，在這裡學會走更遠一點的人生道路。

穿越這個房間，緊接一個窄仄的空間，老樣子不是矩形。阿嬤在這裡搭了一口磚灶，灶邊蓋一座貼著磁磚的長方形流理台。分灶意指分家，這口灶原本是留給爸的一家子，但我一輩子沒看過這口灶燒火。流理台的水龍頭倒是便於我們偷懶，國中有段時間我們都在這裡刷牙，遠遠有大肚山傳來的軍歌透窗而入，成為我們的計時鬧鐘。更小更小的時候，這裡一度是我們的書房。

我牢牢記得，是在這條長長的流理台上，我和若暉各自握筆，一筆一畫練習寫下無數個自己的姓名。若暉的「暉」字是方正的日與軍並立，我羨慕極了，我的「慈」字總被我寫成疊床架屋的上中下三層違建，始終為字醜所苦。書桌緊鄰爐灶與流理台，這經驗我再也不會有了。

越過去就是我們爸的房間。爸媽離婚後擺進來的上下鋪雙層床，讓我們睡了大半個小學生涯。雙層床是一座方舟。床單從上層床鋪往下覆蓋，我們在方舟裡想像航海冒險——該準備糧食吧！於是搜刮水果餅乾飲料，全收在床邊的小櫃子裡。我們爸的女友發現我們讓鮮奶足足退冰了一個下午，不免又是衣架子加身收場。

雙層床是方舟，也是懸崖。想像遭到強敵追趕，主角必須躍下山頭——我們輪流從上層床鋪鼓起勇氣往下一跳，落點在底下的那張雙人床。我們平安落地，沒摔出腫包，只是彈簧床內裡的彈簧徹底踩壞了，床墊中央軟軟的一塊兩塊下陷沒辦法睡人。那次挨揍可能是皮帶。

我們在這間房間裡面相信魔法，也在同個地方幻滅。有天爸床頭櫃上的紗窗破了個小洞。我們坐在床頭櫃上，以七、八歲孩子所擁有的經驗與智能討論這個小洞。當然學齡孩童的智力足夠理解這道紗窗外面，對著的是隔壁住家的一面牆壁。可是，難道這不是一個魔法山洞嗎？——我們試著以手指穿過那個山洞。洞變大了以後我們想，我們確實是過不去，那麼有什麼過得去嗎？就試著把小紙條丟入那個擴大以後的小洞。小紙條並沒有任何回音。洞口的對岸，並沒有任何人漂來新的紙條。我們卻信心充滿，感覺有個奇異的空間魔法。

「這個應該是魔法吧，會把東西變不見！」我們這麼說。然後，把垃圾桶抱來，把桶裡能穿越小洞的紙屑瓶蓋一個一個、又一個一個地丟擲過去。去吧，去魔法山洞的另外一邊吧！我們內心激動，甚至把紗窗的小洞撐得更大了。再然後——沒有然後，隔壁鄰居從底下往上破口大罵。那個時候爸還沒有帶進家門的女友，阿彌陀佛。但原來這個世間是沒有魔法的。

爸的床鋪換過幾次方位，床頭櫃挨著長邊牆面的時候，櫃子與牆面不密合的位置像一個大洞，年幼的我們同時縮身在底下仍有餘裕，視之為我們的祕密基地。床頭櫃的背板是一片不上漆、不上膜的粗糙木板，有如完美的塗鴉畫布。我們盡情揮灑，床頭櫃的背板通常並不示人，無足輕重，這回就沒有挨罵。我們沒有魔法，可是蜷縮在那個洞裡，真切地孵過了許多小小的天真的易碎的夢。

這就是二樓的最後一個房間了。房間主人幾經更迭，一度是大表叔入住，再許多年後，成為大姑姑的房間。房間出來就接著第二條樓梯，我們拾階向下，回到一樓的廚房。

句點。
如果那是句點的話，我們畫了一個繁複的句點。
回老家，我們沒做什麼。
若暉走路困難，說話更艱辛，只安靜行走，安靜凝視，安靜離開。

●

國中畢業的十五歲，是我們第一次離開這棟老厝。
在那之後，我們歷經無數次遷徙。離鄉，返鄉，再離鄉。學校宿舍，小套房，分租雅房，老公寓，我們住遍各種形式的屋舍建築，跟無數熟悉或不熟悉的人共同生活。我們是漂鳥浪遊，四處棲枝，等待下一次飛行。出走是求生的必然選擇，溫飽卻未必覓得歸屬。

「家」是什麼？

遠離家鄉的少女時期我們自問過這樣的問題。

我們有「家」嗎？

我們陷入漫長的思考。這是龐大且難以回答的問題。成年以後我讀美國女性主義哲學家艾莉斯・馬利雍・楊（Iris Marion Young）論女性身體經驗，專門有個篇章討論「房子與家」，足足超過一萬字的篇幅。少女時代的我們也模糊地感覺到這是個哲學命題，沒有辦法一時半刻得到解答。

這個問題曾經讓我們徹夜長談，如同其他一切無法一時半刻得到答案的問題。像是人生的目的是什麼呢？生命的意義又是什麼？宇宙的另一端是什麼模樣？第五元素真的是「愛」嗎？關於愛情，真命天子的論點到底是不是都市傳說？如果我們各自有了想要結婚的伴侶，到時候是不是要四個人住在一起？

我們經常地陷入各種漫長的思考，形式就是對話。我們聊個沒完，熱衷於不斷逼近所有問題後面更真實更貼切的答案，而問題總是開啟下一個問題，像是自由聯想的遊戲，話題沒有盡頭。

一天二十四小時，總是有盡頭。

睡在雙層床的中年級，睡在和式房間的高年級，睡前的夜談偶爾遭到爸的埋伏：「我兩個女兒還沒睡覺？」「兩個寶貝還在講話？」——口頭勸導無效，爸就在房門外大動作找皮帶作勢打人，我們當即嚇得喊說：「已經睡著了！」到了離鄉的成年時代，那些租賃或長或短的住處，只有我們睡一張床的日子裡則必須自己中斷談話。

「明天要上班，真的不能再講了。」

「只剩七個小時可以睡覺，不要聊了。」

那樣會沉靜幾分鐘，直到我們其中一人忽然腦袋閃現什麼。

「欸，你睡著了嗎？」

「對了，我剛才想到啊——」

耶穌對彼得說，雞叫以前你會三次不認我，而雞叫以前，我們必須再三制止自己或對方繼續話題。

「真的不說了。」

「好，真的不說了，晚安。」

「好哦，晚安囉。」

話題多變，與時俱進。然而關於「家」，那是我們在不同時期討論過相同的話題。在不同的建築裡，不同的床鋪，不同的「家」，與話題同樣維持不變的，是對談這個話題的我們。

——所以如果「家」有一個穩固不變的元素，那麼那個元素是什麼？

家是安全。

家是自在。

家是歸屬感。

家是……？

開放式的答案可以很多，但哪一個最接近，更接近真實？

我們最終拍定的結論是，有我們彼此所在的地方，就是「家」。

生命最後的最後，若暉說：「我想回家看看。」

我說：「我們不是在家了嗎？」

若暉臨到壽命即將終結的時刻，改變了答案。

2015 WEEK25

待辦事項：

一、每天散步

二、每天寫字（《花開時節》一定要完成）

三、一定要進食

若暉過世以前，我寫了第一篇關於「家」的散文，〈我家住在張日興隔壁〉。

我家，住在，張日興，隔壁。

在我不經意的時候，關於「家」，我們所指方向依然是同一個方向。

家是安全——儘管老家曾經並不安全。

家是自在——老家並不永恆令我們自在。

家是歸屬感——老家給我們的歸屬感指數恆常變化。

家是若暉所在的地方——而若暉不在了。

關於「家」，我幾乎沒有答案了。

若暉過世以後，張日興雜貨店一年比一年破敗。若暉死別第五年的春天，張日興斜前方歪斜T字形路口的那一邊，原址是小叮噹雜貨店的位置，竟然整修為一間明亮簇新、粉紅色與白色緞帶一樣打著愛心符號的萊爾富便利商店。小叮噹十幾年前即關門停業，張日興的命限大抵不遠。

消逝逾恆，比永恆更遙遠，比死亡更徹底。

可是在那一切完全消失以前，如果有人問我：「你是哪裡人？」而我會說：「我是台中人。」

「台中哪裡人？」

「烏日人。」

「烏日是台中高鐵那裡嗎？」

「對。我家在成功嶺山腳下。」

（「我家住在張日興隔壁。」）

所以「家」會不會，可能是眷戀？

家會不會，可能是保留生命刻痕最多的所在？

會不會可能是，我們生命原點的，正中央？

●

阿嬤蓋了一座迷宮。

除了神明廳可以直通陽台，我們爸的那個房間也有一個門可以通向陽台。那個通往陽台的門出去以後，有個緊鄰房間的小廁所，安置馬桶與小小的洗手台。如同二樓的磚砌爐灶，有意給爸一家子生活便利吧，但也跟那個爐灶一樣早早棄置不用。廢棄廁所的外牆側邊挨著一條可以攀上屋頂的狹窄鐵梯。

那個小小的鄉間，至今不曾有高樓大廈，站在屋頂之上可以看遍周邊高低遠近的鄰居住宅，遠方稻田與水圳，以及延伸起伏的大肚山。

世間所有構築，都是夢幻泡影。

青年時代的我們爸，離婚之後躺過那片水泥瓦屋頂。少女時代的我們，人生迷惘的蹺課時日裡也躺過同一片水泥瓦屋頂。人聲幾乎全部消失的深夜時分，在那個屋頂上可以看見滿天的星光。我們爸與我們或許都是為了那片星空，攀上了那一條鐵梯。

爸當時的煩惱，是不知道如何帶大兩個女兒。國中時代失眠而張眼注視滿天星光的我們，又想的是什麼？

肯定是國中畢業以後能考上哪裡？考進夜校，未來能考到好的大學嗎？人的一生最終要走到哪裡去呢？而我們，可以走到哪裡去？

我們用對話進行思考，彷彿沒有盡頭。

盡頭實際是存在的。距離躺在屋頂的少女時代，眨眼就是二十年。雙胞胎裡剩下我一個人了。我沒有因此返鄉，從台中再北遷，落腳板橋，然後永和。

關於「家」，還是我永恆的追問。

睡眠躺進柔軟床鋪，閉起眼睛偶爾我還會想起那每一個話題沒有終點的夜晚。我會想起異地的由布院山頭有夜幕降臨，而家鄉的大肚山頭晚霞滿天，老家屋頂之上的星光燦爛。

（可是「星光燦爛」是真的嗎？）

（就算是偏僻鄉間，光害仍然存在，星光燦爛說不定是記憶的美化。）

若暉不在，沒有人跟我一搭一唱了。

噓。

該要以睡眠畫下句點的一日盡頭，漆黑的房間我對我自己說，好了，可以了。

真的不說了。

晚安囉。

晚安。

2015. 06. 25

汝是我的心肝

六月七日星期天，氧氣鼻管你已戴了七天，鼻黏膜破口讓你血流不止，因你已憎惡醫院，怎麼也不願讓我叫救護車。

「先等五分鐘看看。」你說。

我說好。

我們等了五分鐘，十分鐘，十五分鐘……

鼻血沒有停止。

後來流了足足有四十五分鐘，急診室的醫生幫你上了止血藥，才止住血流。

那一天你的血小板是一萬二，我們輸血到血小板回升足足十三萬才回家。

那之前，六月一日住院到六日出院，醫院反覆為你抽血、輸血，量血壓血氧，每一夜都無法安睡，我們同樣身心俱疲，所以出院的六日夜晚我睡得很沉、很沉，七日早晨，我是在幸福感中醒來的。

天氣極好，滿室的和煦日光裡你看著我。

「要起床了嗎？」我問。

你說好，我就去將窗簾拉開，放入豔豔的日光。

那個美好的早晨，我怎麼也沒想到下午我們就進了急診室，聽見你血小板難以置信的低指數。

急診室裡輸血到晚間七點多，終於復返。

以幸福感開啟的星期天，那一夜我卻無法入眠，窗外漸亮，我便借微光看著你睡臉，好像可以直到永遠。

可是我沒有走到永遠。

八日星期一上午，安寧門診的S醫師對我說，「我不能騙你，你妹妹現在是末期中的末期了。」

我對醫師說你不要騙我，到底剩多久？

S醫師說：「隨時，到週。」

我哭著出醫院，哭著去麥當勞給你買中餐，哭著返家，在門前擦乾眼淚。

八日晚間，我終於還是開口跟你說了一切，而你說你不害怕。

你說這天早晨我出門赴醫院前，我不是問你在床上發什麼呆嗎？

你說：「我在想，放棄這個身體。這個念頭出現以後，忽然覺得輕鬆好多。可是對你很抱歉，要丟下你一個人了。」

你又說：「你不是說星期六晚上睡得很好嗎？其實我一夜都沒睡好，幸好，你睡得很好。」

我問你沒睡覺在幹麼？
你說：「我在看你。」

我哭了又哭，沒有辦法停止流淚。
原來我們都一樣，畢竟，我們是雙胞胎嘛。

於是我們開始著手一切後事了，連靈堂要放什麼歌都由你親自選定。

秋川雅史的〈化作千風〉
伍佰的〈春花秋月〉
動力火車的〈艾琳娜〉

只有一首是我們共同選的，因為那樣符合我們的心聲：
〈汝是我的心肝〉。
是伍佰的歌，你向來最喜歡伍佰，所以才選了兩首吧？

直到現在我仍邊聽邊哭，輕輕地念著歌詞告訴你，不管風雨有多大，你是我的心肝，就算講海水嘛會乾，你也是我的心肝。

還是會想起那許多個早晨。

我看著你醒來，「要起床了嗎？」

你說好，我就去把窗簾拉開。

日光照亮我們的房間，以及我們的心房。

存檔點

這是文學少女的想像

※作者按：以下不是事實，是我的虛構。

我應《幼獅文藝》主編馬翊航的邀請，為雜誌寫了一年的專欄。專欄題名「文學少女的歷史異想」，每兩個月一篇，以女性歷史小說家的角度切入聊聊文學與歷史。

那一年是二〇一八年。若暉過世已逾兩年。我以「楊双子」的身分寫了書，有些文學活動，但屬於若暉的「楊双子」因死亡而毫無動靜。籌劃一年六次的雜誌專欄那個當下，我決定虛構一個楊双子姊妹討論歷史與文學的舞台框架，令姊妹在文章裡歡快地討論嚴肅的主題。

「如果若暉活著，這種對話是會出現的吧？」

專欄寫作的中途我偶爾會這麼想。

儘管提出來的是問句，其實我內心肯定。

專欄結束許久了以後，開始散文集《我家住在張日與隔壁》的籌劃。原本這是兩個毫不相干的獨立事件，我整理書稿時卻決定將專欄彙整後作為全書的結尾。

專欄裡的双子姊妹，對話都是虛構的。可是，情感全部真實。

那是在若暉過世以後，楊双子仍然真真切切結伴同行的一小段路程。

我感覺那有點像是打電動吧。某些類型的遊戲設計有「存檔點」，令玩家在特定地點保存冒險進度，留待未來重新回返這趟旅程。那是人工的，虛構的，真實的，時間的停駐。

如果若暉還活著——？

我把這個假想，留在專欄裡面了。

借用野村美月《文學少女》的名言：「這不是推理，是文學少女的想像。」我在「文學少女的歷史異想」專欄一開始便宣稱：「這不是歷史，是文學少女的想像！」如今，進入文章以前也容我做同樣的宣示吧。

以下不是事實，是我的虛構，是我願若暉還活著的想像。

一、大正時代的台灣少女會夢見女總統嗎？

台灣有「歷史小說」這個文類嗎？如果有，那麼「時代小說」呢？

我無意在此梳理大眾文學裡邊歷史類型小說的詳細定義，大抵上說起來是一個算式：歷史元素＋小說體裁＝歷史文學。此外附加的詞彙，都算是錦上添花。我在其上添花，所寫長篇小說《花開時節》如同其名綻放花朵，便自號為「台灣歷史百合小說」。

拆開來四個詞彙，台灣、歷史、百合、小說。百合指的是什麼？所謂「百合」（yuri），指的是女性與女性之間的情誼，也可以簡稱女女同性愛。如此重新組合這四個詞彙，想必讀者可以理解為「以女性情誼為主軸的台灣歷史小說」了吧。

——我想寫這樣的小說！

這個念頭誕生的那個當下，具體說起來是這樣的。

「大眾小說裡面，幾乎沒有台灣日治時期為故事背景的作品吧？」

「這麼說起來，就算有《賽德克．巴萊》、《KANO》和《大稻埕》這樣的電影，也沒有催生日治時代背景的大眾小說嘛。」

「而且無論是哪部電影，都不是以女性為主角的作品。不對，確切地說，女性角色的戲分根本少到令人想哭。」

「以女性與女性之間的情誼為主軸的作品，就算是好萊塢也沒有！」

双子姊妹你一言我一語的閒扯起來，並且如同往常，不知不覺受到話題牽引而深陷新的人生大坑。

「不如來寫以女性情誼為主軸的台灣歷史小說好了！」

「好，來寫吧！我想寫這樣的小說！」

會得出這樣的結論，是歷史之神的召喚嗎？還是百合之神的捉弄呢？

「這不是推理，是文學少女的想像。」

十年前的日本暢銷輕小說《文學少女》有這樣的名言，我們也借來用以發出宣言：「這不是歷史，是文學少女的想像！」

這個宣言是為了回應一個大哉問。

「日治時期的台灣少女們，到底過著什麼樣的生活呢？」

双子姊妹掉入名為「台灣歷史百合小說」的大坑，開始進行一系列的文獻考據。將文學院研究生的那一套方法搬出來，設定關鍵字，循線查閱博碩士論文、期刊論文，而後是各類專書，也讀時人日記，讀日治時期台灣文學。儘管如此，彼時台灣少女們所經歷的一切，各方資料拼拼湊湊，仍有許多闕漏與空白。

她們之中的誰，曾經為了躋身全國等級的運動大賽而奮力鍛鍊嗎？曾經發願成為醫生或工程師，要造福世人嗎？曾經深陷戀愛而對抗家族，最終因為現實而割捨愛情嗎？這些事情我們全部無從得知，彼時少女們的燦爛花季，生命的細節，只在文獻夾縫曖曖發光。

「歷史不記的，就讓文學代勞。」

「說得好，歷史的縫隙靠文學填補！」

於是我們異口同聲發出宣言：

「這不是歷史，是文學少女的想像！」

●

文學少女的歷史異想，具體來說又是什麼呢？

「首先，為什麼歷史書寫都是以台北為主？要不然就是台南！台中是邊緣地帶嗎？」

「汝為台中人，不可不寫台中事。」

双子姊妹中的一人發出抱怨，另一人便山寨連雅堂他老父的名言予以回應。真是非常完美的創作組合啊，我們熱烈地發展出一連串妄想。

「總之要有又萌又可愛的校園少女們。寫台中高等女學校！」

「讓她們一起去圖書館吧，在書架之間肩膀靠著肩膀小聲讀書，吐氣如蘭。寫台中州立圖書館！」

「放學回家的時候結伴同行，台中街道有鈴蘭燈，還有市中心的河川，超級羅曼蒂克的啊。寫鈴蘭通！寫綠川！」

「她們會一起搭蒸汽火車。汽笛大響，其中一個人去幫另一個人摀著耳朵，天啊太美妙了。寫台中車站！寫鐵道旅行！」

氣勢凶猛的妄想宛如台中的地下湧泉，從文學少女的口中不停冒出。等到回過神來，文學少女的想像已經膨脹到必須寫成十幾萬字的長篇小說才能應付的程度了。

「是不是應該節制一下才對？」

我們之中誰這麼說了，所以一起安靜下來。

直到一個偷自著名科幻小說書名哏的句子又竄出來：

「大正時代的台灣少女會夢見女總統嗎？」

「女總統應該是不會啦，可是一九四一年美國漫畫就有神力女超人了！」

「大正時代的台灣少女會夢想成為神力女超人嗎？」

「如果台中州是飛天小女警的小鎮村呢？」

「寫台中公園裡面的台中神社！」

「寫大肚山上的競馬場和高爾夫球場！」

「寫台中州的各地媽祖廟！」

嗯嗯好的，無藥可救。文學少女的歷史異想，就此以「台灣歷史百合小說」為核心啟動了。這件事情的美妙之處，未來就請讓我們好好說道一番吧！

二、哈囉，有哪位姊妹「穿越」回到日本時代嗎？

「好了就是這樣，我們來寫『台灣百合歷史小說』吧！」

「很有幹勁！但是我忽然想起有句名言，叫作『一旦我們決定做點什麼，悲劇就開始了』。」

「嗚哇啊啊啊——」

「無論如何就讓悲劇開始吧！」

双子姊妹拍案底定，是在二〇一四年。雖千萬人吾往矣，就算前方是歷史文獻蒐集與長篇小說構思地獄，幸好我們是兩個人。

「對了，避免有人不知道『百合』是什麼，這裡補充說明，『百合』是指女性與女性之間的同性情誼喔。」

「不要擅自打破第四道牆！」

好的好的，總之討論開始了。

「台灣歷史小說到底指的是什麼，大眾文學類型裡面，現階段的歷史小說並不存在敘事公式，沒有錯吧？」

「當代台灣的大眾文學，比較明確存在敘事的類型是愛情和推理。科幻、武俠、恐怖、奇幻，好像都很難說有什麼固定公式。」

「這樣說來，歷史小說這個文類只要以真實歷史為背景就可以了吧？」

「不不不，這種說法並不精確。在日本有『歷史小說』和『時代小說』的分類，如果要簡單說明差異，大概可說是歷史小說以真實歷史背景加上真實人物為主角，時代小說則是以真實歷史為背景就行了，主角通常都是虛構的庶民人物。」

「唉呀呀，代誌毋是憨人想的遐爾簡單啊。」

正因為是發生在双子姊妹之間的對話，儘管語出老掉牙的綜藝台詞也毫無羞愧之色。兩個人抱頭苦思，沉吟片刻之後——

「我不想寫真實歷史人物！」

「好，那來寫時代小說！」

「但是台灣歷史小說都還沒成形，要寫時代小說，誰鳥我們啊！」

「誰理你們，早就給拒絕了！」

「不要亂用哏！」

「先對外說要寫歷史小說，其實裡面寫的是時代小說！」

「台灣歷史小說和時代小說都沒有敘事公式，單兵如何處置！」

「報告隊長，你就用愛情小說的公式寫時代小說吧！」

好的好的好的，擊掌為盟，悲劇正式開始了。

說到愛情小說，嗯，更精確地說，「台灣本土言情小說」，這個大眾文學類型的敘事公式為何？身為前・言情小說研究者，我虎軀一震，口呼一聲閃開讓專業的來！長吟十六字箴言：「相識相戀，遭遇困難，克服障礙，圓滿結局。」

双子姊這麼說，双子妹就點頭。

「不是還可以分出底下的子類型嗎？你的論文寫到三個，穿越、情慾、ＢＬ，今晚你要選哪一道？」

「情慾OUT！我的恥力只能寫牽手跟親親！」

「我們要以少女為主角，ＢＬ也OUT啦！附帶一提，ＢＬ指的是Boy's Love，是男男同性愛的意思，然後穿越是『穿越時空』的簡稱。欸，有人在聽嗎？」

「就說不要打破第四道牆啦！」

「質言之，情慾、ＢＬ都不能寫，只剩穿越小說可以寫了！」

「也是有校園、青梅竹馬、豪門、黑道、女扮男裝的子類型存在……」

「那你寫總裁。」

「恕我拒絕。」

●

穿越小說，就決定是你了！

「穿越時空這個類型非常有趣，根據小說內展現的歷史觀點，完全可以用國族議題切入寫一篇三萬字的論文。」

双子姊妹出身台文所與歷史所，話題一開就無法喊停了。

「台灣言情小說裡的穿越小說出現在一九九三年，奠定當代台灣女人穿越時空跟古代中國男人談戀愛的基本公式。一九九〇年代末開始，中國網路大量盜版台灣言情小說，結果中國網路愛情小說的穿越公式也受到影響，都是當代女人穿回去跟古代男人LOVE LOVE！」

「中國的穿越小說是從當代中國穿越到古代中國，台灣的穿越小說是從當代台灣穿越回到古代中國。真的好棒棒！中華民國的歷史教育超級成功！台灣三百年前發生什麼事情了呢？當然是康熙時代九龍奪嫡！四爺和八爺，務必要選將來登基為雍正的四爺！朱一貴是什麼，能吃嗎？」

「台灣女人穿越後的朝代落點普遍在唐宋明清，元朝應該沒有，但我確定完全沒看過落在『古代台灣』的穿越小說！問題來了，為什麼當代台灣女人絕大多數都是穿越時空回到中國的古代？很顯然，因為大家都跟古代台灣很不熟！」

彷彿已經摘到甜美果實，多巴胺大量分泌。双子姊妹進入狂喜狀態。

「我們就來創作第一個穿越回到台灣的日本時代的少女主角吧！」

「好喔喔喔！」

「自由大正！摩登昭和！少女穿越回去不理臭男人，要跟少女談戀愛！」

「好喔喔喔喔喔喔！」

「書名就叫『哈囉，有哪位姊妹穿越回到日本時代嗎』！是不是很棒！」

「不，恕我拒絕！」

三、你知道花岡二郎也讀吉屋信子的少女小說嗎？

撰寫「文學少女的歷史異想」專欄之初，我們曾經變造日本輕小說《文學少女》的名句「這不是推理，是文學少女的想像」，用以發出這樣的宣言：「這不是歷史，是文學少女的想像！」不過所謂的想像，具體而言指向什麼呢？

——立刻進入双子姊妹的異想會議室時間。

「具體而言就是，尋找到歷史文本的縫隙，用文學的想像力填補空白。」

「請申論。」

「楊千鶴一九四二年的自傳式短篇小說〈花開時節〉，跟川端康成一九三八年的《少女的港灣》源出一脈。」

「真的假的?!」

「報告，這不是歷史，是文學少女的想像！」

「……」

「不要露出蔑視的眼神，這話並不是毫無根據，一切得從花岡二郎說起。」

「什麼?花岡二郎是指『霧社事件』的那個？」

「沒錯，就是日本殖民統治者刻意栽培賽德克族人作為模範，其中之一的花岡二郎。二郎能打柔道還擅長書法，是個能文能武的好青年。一九三〇年霧社事件，就是他在牆壁揮毫留下遺書說明始末的。」

「可是電影《賽德克·巴萊》裡面，寫遺書的是花岡一郎。」

「那是電影考據有誤。」

「好吧，這跟花岡二郎有什麼關係？」

「霧社事件結束之後，記者進霧社進行採訪報導，記錄了二郎宿舍桌上留下遺物，當中只有一本書——聽好了，那本書是吉屋信子的長篇小說。」

「什麼！吉屋信子是寫少女小說的那個?!」

「沒錯！就是創作描寫『S』（Sister）關係的少女小說，人稱少女小說鼻祖的吉屋信子！二十世紀末日本動漫次文化出現的百合文化，溯本追源都必須回到吉屋信子一九一六年在少女雜誌上連載的《花物語》。吉屋信子本人也是女同性戀，創作主題始終是女性同性情誼！」

「然後花岡二郎也讀吉屋信子?!」

「你開始在想像花岡二郎是個百合控了對吧！」

「穿著汗濕惡臭的柔道服讀少女小說，好像也是挺有意思的啦……等等，但這跟楊千鶴、川端康成完全沒有關聯啊？」

「唉呀呀，代誌毋是憨人想的遐爾簡單。」

「不要再用老掉牙的綜藝台詞了！」

「吉屋信子迅速成為暢銷作家，出名作《花物語》在一九二〇年發行單行本，連台中州立圖書館都有館藏。為什麼花岡二郎會讀吉屋信子的小說，簡單來說就是因為吉屋信子紅到霧社去了。所以說，如果一九三〇年花岡二郎書桌上會有吉屋信子的小說，那麼一九二一年出生、一九三〇年代求學的楊千鶴，會不會也讀吉屋信子呢？絕對會的！吉屋信子的創作高峰期就在一九三〇年代，其中一部小說還在一九三六年改編成電影。根據電影史文獻，殖民地台灣取得片源通常會比日本內地慢上半年、一年，但台灣當時還是有機會看見吉屋信子原作的電影啊！」

「那、那跟川端康成又是怎樣？你說的是諾貝爾獎得主的那個川端吧？」

「沒錯，就是那個熱愛以小說意淫美少女的川端康成！聽好了，川端康成一九三〇年代也寫少女小說！川端康成少女小說的代表作《少女的港灣》在一九三八年發行單行本，風靡無數少女。」

「什麼！」

「川端不只寫一部少女小說，不過有八卦說最有名的這部《少女的港灣》其實是川端康成的女弟子撰寫，由老師掛名。」

「什麼——我對於一直發出這個驚嘆感到疲倦了！但真沒想到川端康成跟吉屋信子居然是同行，他們之間也有文學交流嗎？」

「這種事情我不知道。不過，九州出身的戰前作家林芙美子，目前在九州門司有個『林芙美子紀念資料室』，分別留有跟這兩個人往來的書信，所以說不定其實有一個好姬友社群！要是有那個社群，他們絕對是在對話窗裡盡情妄想美麗的少女們怎麼相親相愛！」

「這個推論太隨便啦！」

「結論來了。川端康成的少女小說，肯定是跟吉屋信子同一個時空背景下誕生的，毫無疑問。楊千鶴一九四二年寫成的〈花開時節〉從這個角度切入，也能找到少女小說的文類特色。所以說，即使跨越了高山與海洋，他們還是源出一脈！那麼這跟我們的創作有什麼關係呢？簡單來說，戰前台灣本來存在少女小說的傳統，但如今完全斷絕了，我們可以透過歷史百合小說的書寫來重新接起這個文類的歷史！你覺得是不是有說服力？」

「我、我有點被說服了。這就是所謂的大膽假設小心求證嗎？」

「報告，這是大膽假設，沒有求證！」

「……」

「不要露出蔑視的眼神！這不是歷史，是文學少女的想像啊！」

四、少女啊，要胸懷百合！成為小說家吧！

「喂，你上次說錯了吧？日本少女小說文類的開山祖師吉屋信子，她不只在一九三六年有一部小說改編電影，我去看了日文維基條目，她一九三一年到一九四〇年這十年間至少有十一部小說改編成電影欸！」

「一時大意被抓包了，啊哈哈。」

「居然完全沒有反省！」

「唉呀，這個數據不是更加佐證了一九三〇年代的吉屋信子流行旋風嗎？所以說，台灣作家楊千鶴在求學時期，肯定讀過吉屋信子的小說！而且這也增強了台灣戰前存在少女小說文類的可信度啊！——既然如此，以書寫歷史百合小說重新接起少女小說文類的血脈，這樣的書寫實踐也越發合情合理了吧！」

「嗚，好像會被這股氣勢壓倒……」

相當唐突的，双子姊妹的文學少女歷史異想會議室時間再度展開。

「好的老樣子開場，提醒各位觀眾，『百合』是指女性與女性之間的同性情誼，目前流行文化所提到的百合，多半是指描寫這種女性同性情誼的娛樂創作文本。」

「我已經不想吐槽打破第四道牆的事情了。」

「創作歷史百合小說之前，首先跟各位談談吉屋信子、少女小說與百合之間的歷史淵源吧！」

「容我提醒，吉屋信子是少女小說的鼻祖這件事，上次就說過了。」

「是嗎？那麼你說明一下什麼是『少女小說』？」

「咦咦？好吧，少女小說是流行於日本戰前大正、昭和時期的一種文類。以西元紀年來說，大概就是一九二〇年代到一九四〇年代。因應當時現代女子教育逐漸普及，娛樂雜誌也開始分眾出現鎖定女學生為目標讀者的少女雜誌，而吉屋信子描寫少女同性情誼的成名作《花物語》，就是在雜誌《少女畫報》上面連載，最後奠定了少女小說這個文類。」

「就這樣嗎？」

「我想想喔，嗯，雖說少女小說並不是只有女性書寫，但大致上還是呈現女性作家創作給女性讀者的狀態。吉屋信子最初是透過主動投稿少女雜誌而躍上舞台的，就這麼看來，這個文類點出了戰前日本存在著女性創作者與讀者的對話空間，或者說，無論是面向女性讀者而創作，還是女性讀者躋身成為創作者，小說內部都展現了那個年代的少女懷抱著什麼情感憧憬與人生想望。啊，實際上日本那邊也有吉屋信子研究顯示，吉屋信子筆下的作品，反過來成為現實中少女們對自我理想樣貌與女性情誼的追求。但是滿可惜的，台灣目前既沒有少女小說研究的中文翻譯，也沒有對吉屋信子的系統性引進與翻譯。」

「謝謝你華生。」

「不客氣，而且我是不會叫你福爾摩斯的。」

「華生，你有注意到時間點嗎？吉屋信子出生在一八九六年。」

「怎麼了嗎？這一年是日本帝國領台正式殖民的隔年，但吉屋信子跟殖民地台灣沒有直接關聯哦！」

「呵呵呵，吉屋信子跟台灣的關聯很曲折，改天再說。我要說的是，吉屋信子就讀高等女學校期間開始投搞，畢業出了社會擔任代理教師，仍然沒有放棄創作，直到一九一六年，也就是二十一歲獲得連載機會。在今天來看，算是早慧的作家，但更厲害的是她創作不輟，直到一九七〇年代都還有新書出版，而且還迅速改拍成電視劇，創作之路松柏長青，這是文學少女們的典範啊！」

「哦，原來如此，雖然你說得很模糊但我聽得很清楚，吉屋信子的少女情誼創作橫跨許多世代，這也是為什麼日本一九九〇年代末出現的百合文化，居然可以連結到戰前的少女小說，因為根基打得很深！」

「是不是！這個時候就該吶喊一下吧！」

「什麼？」

「少女啊，要胸懷百合！」

「呃，這是化用北海道大學著名雕像克拉克博士的名言嗎？原文好像是：『少年啊，要胸懷大志！』」

「少女啊，成為小說家吧！」

「這絕對是抄日本HINA PROJECT小說投稿網站的站名吧！」

「少女啊，成為台灣吉屋信子吧！成為台灣宮部美幸吧！」

「宮部美幸並沒有寫百合小說！」

「嗚嗚，那是我的願望啦，我們的專欄不是叫作文學少女的妄想嗎？」

「誰跟你妄想，專欄名稱叫作『文學少女的歷史異想』，給我牢牢記住！」

——次回、吉屋信子跟台灣的曲折關聯，等我們喔！

「也可能不會寫這個。」

「那你預告心酸的啊！」

五、有一個姑娘她有一些任性她還有一些囂張

好的各位觀眾，又到了「文學少女的歷史異想」時間。

記得兩個月前的預告嗎？

——次回、吉屋信子跟台灣的曲折關聯，等我們喔！

「不過果然這回不打算再談吉屋信子了。」

「就說不要亂預告了吧，畢竟六月號跟八月號的主題都是吉屋信子了。」

「不，單純是我覺得膩了。」

「喂——！」

好的，双子姊妹寫為「歷史異想」讀作「雙口相聲」的對談時間開始了。

「最初的專欄設定，是想談談如何啟動台灣歷史百合小說的創作，不知不覺歪樓了，這就叫作誤入歧途嗎？」

「『不如來寫以女性情誼為主軸的台灣歷史小說好了！』那個時候還說過這種話呢，要寫日本時代台灣少女們的青春夢想之類的，結果都在聊什麼啊！給我反省一下！」

「這句話我才要回贈給你！」

「先來討論主角設定吧，努力消化了那麼多史料，到～底～日本殖民統治時期的台灣少女要怎麼設計才會很萌呢？」

「在歷史小說裡尋找萌要素是不是搞錯了什麼？」

「不要抱怨了！女主角是大正十年出生的。」

「超級突然！而且為什麼是大正十年？」

「跟各位報告，大正十年是一九二一年喔。」

「你是在跟誰說話啦！」

「她的求學過程呢，嗯，一九二八年春天入學台北第二師範學院附屬公學校，然後應屆讀了天主教私立台北靜修高等女學校與台北女子高等學院，畢業在一九四〇年春天。」

「這個女主角會不會太強？台北女子高等學院，不就是當時殖民地台灣女性的最高學府嗎？」

「她畢業後還留校繼續讀了研究科。」

「所以是一位女學者？但如果要當學者，至少要去日本內地讀專門學校。」

「她沒有想當學者，讀研究科是為了跟學妹組隊打桌球，後來她果然跟學妹聯手拿到日本皇紀兩千六百年全島桌球大賽學生組雙打優勝。求仁得仁，她研究科沒讀完就離校了。」

「扣緊運動競賽裡的自我實現，強調了學姊學妹的百合情誼，聽起來是很不錯啦，不過這些設定未免太細了吧！」

「她個人表示，並不只是因為桌球，還因為當時學校禮堂有一架大鋼琴，她為了可以盡情打球和彈鋼琴才多留一段時間。」

「追加設定太多啦！允文允武的女主角是不寫實的！」

「畢業後她去了台北帝國大學理農學部中村教授的研究室當助理，因為那裡每到午休和下班都可以打桌球。正巧校內有個打桌球很厲害的工友，雖然此時的她還不知道，但後來的許多年，她和這位工友組成城南桌球隊，好幾次拿到社會組女子雙打冠軍和團體冠軍呢。」

「這是什麼昭和桌球娘的劇情！競賽和感情都開太多路線了！」

「這個時候，她在中村研究室領到第一次的薪水了，很快發現內地女性友人的薪水比她多六成，她對種族差別待遇感到不滿，毅然決然辭職了。」

「等等啊這些設定，我看不見你的車尾燈！」

「中村教授希望她留任，說至少等下一個接任者就職後再走，她就說『既然你誠心誠意的拜託了，我就大發慈悲的幫助你吧』，勉強多留了一陣子。」

「不要變造火箭隊的台詞！」

「嘿嘿，那個是我亂講的。」

「喂！我吐槽很累！」

「她的第二份工作，是去日本時代全台灣最大的報社『台灣日日新報社』應聘記者，跟文藝版的創版主編說入社的條件是『一定要跟內地人同等待遇』，然後這位創版主編還答應她了。」

「太不寫實了！」

「這位創版主編是真實存在的藝文界人士，創辦很多藝文刊物，包括鼎鼎大名的《文藝台灣》，並且長期以日本耽美風格書寫殖民地台灣民俗與歷史，台灣文學學術圈裡幾乎是無人不知無人不曉。他就是——西川滿。」

「然後你讓西川滿答應了這位女主角當記者！」

「不，不是我，是西川滿自己答應的，這位少女因此就成了台灣第一位女記者。」

「……嗯？」

「是不是開始覺得怪怪的？」

「對，這個女主角，聽起來是楊千鶴？」

「你總算發現了！是的，就是那位真實存在的台灣戰前作家、台灣第一位女記者的楊千鶴。她比瓊瑤的小燕子更適合那首角色歌吧！有一個姑娘她有一些任性她還有一些囂張～」

「……所以我們的女主角是楊千鶴？」

「不，我是想說為了致敬這個現實經歷比小說情節還要離奇的少女，應該讓我們的女主角松崎早季子跟楊千鶴同年同月同日生！」

「你未免繞得太大圈！」

「次回、楊千鶴與——」

「住口！不准再預告了！」

六、胡太明的妹妹有沒有她的台灣漫遊錄？

「你知道嗎？一九〇八年縱貫鐵路正式開通，就是在這一年，屬於現代化台灣的新世紀真正揭開了序幕。台灣作為一個島嶼的概念，就是在縱貫鐵路打造了島嶼南北一日生活圈以後誕生的。我們可以做出一個大膽假設：如果沒有這條鐵路，蔡培火就不會在一九二一年喊出『台灣是台灣人的台灣』這句名言。同樣的，戰前的吳濁流肯定也不會痛感台灣在日本與中國之間的複雜位置，最終寫出讓男主角胡太明因為國族認同而發瘋的《亞細亞的孤兒》這部小說。」

「很好，專欄最終回也是唐突的開始了呢。」

「決定了，我們的歷史小說要向吳濁流致敬。」

「你唐突也要有個限度！」

「沒時間解釋了，快點上車！」

「等等啊你，我們要寫的是『以女性情誼為主軸的台灣歷史小說』，是怎麼跟吳濁流致敬啦！」

沒時間解釋了，双子姊妹的《文學少女的歷史異想》最終回、要開始了喔！

「不要用書名號混淆視聽！」

——好吧，就這樣，專欄最終回要開車了喔。

「說到戰前台灣文學的巨作《亞細亞的孤兒》，雖然厚厚精裝本看起來不好啃的樣子，其實故事沒有很難讀。男主角胡太明是接受新式教育的知識分子，對殖民母國日本和血緣祖國中國懷抱複雜的情感。他與日本在台女性、日本內地女性、中國現代女性有所互動，也因為分別在日本、中國兩地遭遇文化隔閡，最終產生台灣人與日本人、中國人並不相同的感悟。台灣人既不是日本人也不是中國人，那台灣人是什麼人呢？他無法解開這個疑惑，最後就發瘋了。」

「嗯，這是戰前台灣文學男性作家對大時代的叩問，這類國族議題的質疑與迷惘，可以說是當時男性作家寫作命題的主旋律。到了戰後，日本時代的台灣文學能見度比較高的，也是這一批作品。相對來說，女性作家如楊千鶴筆下世界受到的關注偏少，一定程度上跟主題有關。吳濁流一九〇〇年生，楊千鶴一九二一年生，確實基於時代背景而導致文化差異，不過吳濁流關切國族認同而楊千鶴關切女性處境，讓二者核心關懷不同的關鍵還是性別。」

「沒錯，日本時代的台灣，日本時代的台灣文學，很長的時間以來都只有男性視角，並沒有女性視角。」

「恕我提醒，這件事我們在專欄第一回就說了。附帶一提避免你忘記，這也是為什麼我們決定向楊千鶴致敬。吳濁流在今天來看，難聽的說就是直男……」

「你想說他是直男癌！」

「我沒說，是你說的。總之這是要怎麼致敬吳濁流？」

「代誌毋是憨人——」

「快點說！」

「根據小說設定胡太明的母親生有二男一女換句話說胡太明還有個妹妹但《亞細亞的孤兒》是我太久以前看的已經忘記這個妹妹有沒有戲分了——」

「講重點！」

「好的，來做個假設，如果《亞細亞的孤兒》不是以胡太明為主角，而是以胡太明的妹妹為主角，故事會變成什麼樣子呢？這就是我們可以向吳濁流致敬的方向。要是以胡太明的妹妹為中心出發，讀者或許會覺得這個令哥哥胡太明迷惑到發瘋的認同問題，實在是很虛無吧。」

「原來是這樣，我聽懂了。以不同的目光凝望同一個時空，這是一種重新書寫歷史的方法。以女性視角重塑歷史，聽起來是很令人振奮。」

「然後我們還要讓胡太明的妹妹跟她的少女友伴發展百合情誼！」

「太振奮人心了！」

「縱貫鐵路一九〇八年開通，很快地女性也可以搭乘火車走南闖北！我們要讓胡太明的妹妹搭火車遊台灣！漫遊每個大站，品嘗各地美食！是不是更令人雀躍！快跟我一起喊起來喔喔喔喔！」

「不，主題已經是穿越時空了，追加鐵路美食之旅的設定是不可行的。」

「你這盆冷水澆得我透心涼！」

「但縱貫鐵路這個主題我們可以放在下一部小說喔喔喔！」

「喔喔喔我們來寫女性旅行！向一九三〇年代長途旅行歐美的呂碧城致敬！」

「呂碧城寫《歐美漫遊錄》，我們來寫《台灣漫遊錄》！」

「胡太明的妹妹的台灣漫遊錄！好喔喔喔喔！」

嗯嗯好的，双子姊妹再次陷入無藥可救的文學少女歷史異想世界了。

「想得很多但不知道幾時才寫得出來！」

「這句話是多餘的！」

國家圖書館預行編目資料

我家住在張日興隔壁/楊双子著. -- 初版. --
臺北市 : 寶瓶文化事業股份有限公司, 2020.12
面 ; 公分. -- (Island ; 306)
ISBN 978-986-406-209-6(平裝)

863.55 109018088

Island 306

我家住在張日興隔壁

作者／楊双子

發行人／張寶琴
社長兼總編輯／朱亞君
副總編輯／張純玲
資深編輯／丁慧瑋　編輯／林婕伃
美術主編／林慧雯
校對／林婕伃・陳佩伶・劉素芬・楊双子
營銷部主任／林歆婕　業務專員／林裕翔　企劃專員／李祉萱
財務／莊玉萍
出版者／寶瓶文化事業股份有限公司
地址／台北市110信義區基隆路一段180號8樓
電話／(02) 27494988　傳真／(02) 27495072
郵政劃撥／19446403　寶瓶文化事業股份有限公司
印刷廠／世和印製企業有限公司
總經銷／大和書報圖書股份有限公司　電話／(02) 89902588
地址／新北市新莊區五工五路2號　傳真／(02) 22997900
E-mail／aquarius@udngroup.com

著作完成日期／二〇二〇年
初版一刷日期／二〇二〇年十二月二十三日
初版三刷+日期／二〇二四年二月二十九日
ISBN／978-986-406-209-6
定價／三三〇元

贊助單位／NCAF 國藝會